정원의 계시록

정원의 계시록

박에스더 장편소설

이지북
EZbook

차례

산

사유가 눈을 뜨자, 산이 있었다.

처음엔 그게 산이라고 인식하지도 못했다. 차창을 가득히 채운 짙은 녹색의 향연이 눈 깜짝할 사이에 사유에게 밀려왔다.

"아."

사유는 자신이 기차를 타고 있다는 것도 잊어버린 채, 눈을 질끈 감았다. 옆에 있는 여울의 손을 잡으려 반사적으로 팔을 뻗었지만 딱딱한 유리 뚜껑만 만져졌다.

빠른 속도로 산 내부 터널을 통과한 기차 안에 상냥한 안내 방송이 울려 퍼졌다.

"이번 역은 우리 열차의 마지막 역인 지혜도시, 지혜도시역입니다."

사유가 천천히 눈을 뜨자 산은 이미 멀리 사라진 뒤였다. 고개를 길게 빼고 지나간 산을 바라보니 그건 지혜도시 가운데 있는 진짜 산의 모습을 작게 본떠 만든 홀로그램 게이트였다.

세 개의 나라를 건너 꼬박 하루 동안 달려온 기차가 드디어 목적지에 다다랐다. 기차 안은 이제 사람들의 옅은 설렘과 긴장감으로 가득 차올랐다.

"내리실 때에는 차 안에 두고 내리는 물건이 없는지 다시 한번 살펴보시기 바랍니다."

사유가 옆에 있는 여울을 내려다보았다. 혹시 모를 사태에 대비해 투명한 뚜껑을 씌운 침대는 꼭 유리관 같았다. 그 안에 동화 속 주인공처럼 잠든 여울이 있었다. 사유가 뚜껑을 한 번 가볍게 쓸었다.

"여울아, 우리가 진짜 지혜도시에 왔어."

여울의 대답이 귓가를 울리는 것만 같았다.

'그러게, 내가 뭐랬어? 해낼 줄 알았다니까. 정말로 대단해.'

여울이라면 분명 그렇게 말했을 것이다. 사유가 자신과 똑같은 얼굴을 한 여울을 내려다보았다. 여울이 사고를 당하기 전부터 쌍둥이인 둘은 모든 것을 공유했다. 사유가 아프면 여울도 아팠고 여울이 뭔가를 생각하면 사유도 비슷한 걸 떠올렸다.

"지혜도시에 들어오시는 신규 거주민께서는 심사대를 거쳐 주시기 바랍니다."

사유가 거주민증을 주머니에서 꺼냈다. 녹색 커버가 씌워진 작은 카드에는 지혜도시의 상징인 산 모양이 금박으로 찍혀 있었다. 하나는 자신의 것, 하나는 여울의 것.

이 두 장의 거주민증을 받기 위해 사유는 꼬박 이 년을 노력했다. 외지인들이 지혜도시의 거주민 자격을 얻으려면 매해 한 번 있는 시험을 통과해야 했다. 시험에는 학습 능력 평가는 물론 지혜도시와 관련된 서면 시험, 인공 지능이 평가하는 인성 및 잠재 역량 측정과 가상공간 속 도시에서 일주일 동안 지내며 치르는 행동 성향 테스트까지 포함되어 있었다.

바깥에서 함께 지내던 공동생활체 사람들은 사유를 보며 주제도 모른다고 숙덕거렸다.

"부모도 없이 공동생활체에 사는 형편에 지혜도시 들어가겠다고 저 난리를 쳐?"

"그러게, 먹여 주고 재워 줬더니 은혜를 갚지는 못할망정……."

그러나 사유는 지혜도시의 거주민증이 꼭 필요했다. 원래 다국적 기업인 테바연구소가 있던 자리에 세워진 지혜도시는, 연구소의 모든 자원과 인력을 통해 만들어진 첨단 과학 도시였다. 인류 문화의 새로운 지평을 열겠다는 야심찬 계획으로 만들어진 이곳은 기술뿐 아니라 교육이나 의료 등 모든 것을 무료로 누릴 수 있었다.

사유가 필사적으로 지혜도시에 들어가려고 노력한 것도 그런 이유에서였다. 지금이야 여울과 사유 모두 법적 보호 대상이었으니 병원에 따로 돈을 지불할 필요가 없지만 열일곱 살이 되면 모든 게 달라진다. 여울을 살려 놓는 것만 해도 많은 돈이 들 것이다. 그래서 찾아낸 수단이 바로 지혜도시의 거주민 자격을 얻는 거였다.

사유가 거주민증을 얻으면 유일한 가족인 여울에게도 거주민 자격이 주어진다. 그렇다면 여울은 지혜도시 안에서 필요한 모든 의료 서비스를 무료로 받을 수 있다. 마침내 거주민증을 얻은 사유는 지혜도시로 들어가는 기차에 여울과 함께 올라탄 것이다.

"저기 좀 봐!"

누군가의 목소리에 다들 창문을 쳐다보았다. 저 멀리 커다란 반구 형태의 투명한 돔 그리고 그 아래 자리한 거대한 산이 눈에 들어왔다. 얼핏 보면 산 위에 투명한 유리 무지개가 떠 있는 것처럼 보였다.

"와……."

짙은 녹색의 산이 지혜도시를 굽어살피고 있는 모습은 사람들의 입을 다물지 못하게 만들기에 충분했다.

지혜도시를 안다면 산을 모를 수가 없었다. 산은 지혜도시의 시작이자 끝이니까. 지혜도시의 모든 것이 산에 의해 관리될 만큼 산은 도시의 모든 부분에서 가장 중요한 위치를 차지하고 있었다.

사람들이 창문 쪽으로 몰려갔다. 진짜 산을 볼 수 있다는 게 다들 신기한 모양이었다. 하지만 사유는 슬쩍 시선을 돌렸다. 보고 있는 것만으로도 압도되는 산의 기운 때문에 쳐다보고 있으면 저도 모르게 산에 홀릴 것만 같았다.

그러다 아예 고개를 돌리려는데 기차 안에서 유일하게 창밖을 쳐다보지 않는 사람과 눈이 마주쳤다.

"어?"

검은색인 줄 알았던 그 애의 눈동자가 차창을 통해 들어온 햇살 아래 순간 짙은 녹색으로 빛났다. 찰나의 반짝임 때문이었을까, 아니면 설렘 가득한 사람들과 달리 아무 감정도 담겨 있지 않은 얼굴 때문이었을까.

사유의 신경은 온통 그 애에게 쏠렸다. 초콜릿색 피부, 우아하면서도 강인한 느낌을 주는 근육, 옷자락 아래 뻗은 긴 팔다리 그리고 뒤로 늘어뜨린 붉은 머리카락까지. 머리카락 사이사이에는 금색 꽃이 화려하게 피어 있었다.

그 애의 모습은 쉽게 볼 수 없는 야생동물 같았다.

짙은 눈꺼풀이 사유를 향해 한 번 느리게 깜박였다. 그제야 사유는 자신이 그 애를 너무 뚫어져라 쳐다봤다는 걸 알아차렸다. 얼른 시선을 돌렸지만 여전히 모든 신경은 그 애 쪽을 향해 있었다.

누군가 속삭였다.

"도시인인가 봐."

사유의 옆에 있던 사람들도 이제야 거기에 누군가 있다는 걸 눈치챈 모양이었다. 아무래도 그 애는 일부러 자신의 기척을 지우고 있던 듯했다. 그게 아니라면 이 기차에 올라탔을 때부터 모든 사람의 이목을 끌었을 테니까.

도시인과 외지인은 지혜도시를 이루는 보이지 않는 두 계층이었다. 사유처럼 거주민 자격을 얻어서 들어온 바깥의 사람들은 외지인이라고 불리며 지혜도시에서 아무리 오래 살아도 그 꼬리표를 떼지 못했다. 그에 비해 원래부터 지혜도시에 살던 사람들은 스스로를 도시인이라고 칭했

12

다. 외지인과 도시인은 섞일 수 없다고 했다.

'저 애는…… 도시인이겠지.'

도시인을 제대로 본 적도 없으면서 사유는 그렇게 생각
했다.

"출입문이 열립니다."

안내 방송이 나오자 기차에서 사람들이 우르르 내렸다.
사유는 여울의 침대를 끌어야 해서 사람들이 다 내리기를
기다렸다. 순간 아무도 없는 텅 빈 기차 위로 짙은 녹색의
그림자가 스쳐 지나갔다. 커다란 가방을 메고 남은 손으로
여울의 침대를 끌던 사유가 기차 바깥으로 한 걸음 내디뎠
을 때였다.

뭐라 할 틈도 없이 주변의 짙은 공기가 훅 밀려드는 거대
한 파도처럼 사유를 감쌌다. 동시에 기차도 역도, 내린 사람
들도 전부 사라졌다.

사유의 심장이 거세게 뛰었다. 들이마시는 숨을 통해 어
떤 에너지가 온몸으로 퍼지고 동시에 시야가 밝아졌다.

"아."

순간 지금 자신이 서 있는 곳이 평범한 곳은 아니라는
게 온몸으로 느껴졌다. 짙은 안개 사이로 밀도감 있게 첩첩
쌓인 산의 능선이 보였다.

산의 한복판이었다.

짙은 안개에 녹아든 차가운 공기, 그 안에 배어 있는 나무의 향, 찌를 듯 자라 있는 거대한 나무, 빽빽이 자라난 덩굴, 주렁주렁 핀 꽃과 공기 중에 떠 있는 식물의 포자. 모든 게 미친 듯이 격렬한 생명력을 내뿜고 있었다.

'도대체 어떻게 된 거야…….'

산의 기운이 자신을 내리찍는 것만 같았지만 일단은 정신을 차려야 했다. 사유는 여울의 침대를 커다란 나무 옆에 두고 근처에 뭐라도 없는지 살폈다.

들이마시는 숨에서 산의 진득한 기운이 고스란히 전해졌다. 이곳에서는 발걸음 하나 떼는 것도 쉽지가 않았다. 꼭 물속을 걷는 기분이었다. 공기 중에 녹아 있는 에너지가 움직일 때마다 이리저리 파장을 만들어 냈다.

상상했던 산의 모습과 전혀 달랐다. 산은 소리 없이 외치고 있었다. 내가 여기에 존재한다고. 조금이라도 긴장을 푸는 순간 산의 힘에 압도당해 그대로 흡수될 것만 같았다.

그때 어디선가 바람이 불어왔다. 바람에 흔들리는 게 안개인지, 아니면 산 자체가 움직이고 있는 건지 알 수 없었다. 이쪽저쪽으로 흔들리며 움직이는 잎사귀들 사이에 뭔가가 있었다. 사유가 눈을 가느다랗게 뜨고 그것을 보았다.

흔들.

조금 더 가까운 곳에서 그것이 흔들리기 시작했다. 마치
이쪽으로 다가오는 것처럼. 싸한 공기가 옆을 스쳐 지나갔
다. 이번에는 다른 쪽에서 빛이 깜박였다. 그때 사유의 머
릿속을 스치는 이야기가 하나 있었다.

"꿈에 계속 깊은 산이 나온다니까? 이상하지, 우리 지역
엔 산이 없잖아. 심지어 거기서 뭔가가 나를 불러. 이렇게,
손을 흔들면서."

여울이 사고를 당하기 전, 자주 했던 이야기였다. 자신과
똑같은 얼굴로 산의 꿈을 꾸던 여울이.

"이상하다. 언니는 왜 안 꾸지? 한 번은 언니도 꿀 법한
데."

손을 흔들던 여울을 떠올리다 사유의 얼굴이 굳었다.

"혹시 저게 여울이 꿈에 나온⋯⋯."

흔들리는 것을 향해 사유가 손을 뻗은 그때였다.

이 도시의 면적은 약 육백 제곱킬로미터요⋯⋯.

사유가 고개를 들고 외쳤다.

"누구 있어요?"

다시 목소리를 높였지만 대답은 돌아오지 않았다. 그저
빽빽하게 서 있는 나무만이 이쪽을 보고 있을 따름이었다.

분명히 목소리를 들었지만 주변에는 아무도 없었다.

위로는 세 개의 층이요, 아래로는 열 개의 층이라.

사유가 소리를 질렀다.

"누구세요!"

사람이라면 어디서 바스락거리는 움직임이라도 있어야 하는데 숲은 고요하고 여전히 대답은 없었다. 덜컥 무서운 기분이 들었다.

도시의 가장자리 선을 따라 초원을 두고 정원의 끝에는 장막을 두니 이것은 경계니라…….

분명히 들리는 속삭임에 귀를 기울이던 사유의 표정이 굳었다.

'너무 가까이서 나잖아.'

사유의 시선이 천천히 자신의 발밑을 향했다. 손끝이 떨려 왔다. 소리는 발밑에서 나고 있었다.

우리는 너희를 부르고 새로운 씨앗을 가진 이가 모여 새로운 세대를 만들리니.

"아악!"

사유가 비명을 지르며 퍼뜩 발을 뗐다. 뒤에 있던 나무 뿌리에 걸려 넘어진 사유의 몸이 커다란 소리를 내며 바닥을 뒹굴었다. 바닥에 나앉은 사유의 귓가로 목소리가 들려왔다.

움직이는 선으로 들어오는 자들에게는 도시의 영광이 있으리니 이것은 선택을 입음이다. 녹빛을 부르고 녹빛을 부르고 녹빛을 부르고…….

겨우 바닥을 짚고 몸을 세워도 계속해서 들렸다. 그제야 사유는 깨달았다. 그 목소리는 아래에 깔린 이끼에서, 잎사귀 사이에서, 등걸에서, 무거운 안개 사이에서 실타래처럼 풀려나오고 있다는 것을. 사유가 고개를 들어 사방을 빽빽이 메운 나무와 풀을 보았다.

"이, 이게 뭐야……."

놀란 사유가 숨을 헐떡이며 흘러나오는 목소리를 들었다. 이번에는 화려한 색으로 활짝 핀 꽃에서 들렸다.

선택받은 자들은 새로운 몸과 새로운 영혼과 새로운 지능을 가지고 모든 한계를 뛰어넘으리니.

"으악!"

갑자기 바닥이 가라앉는 바람에 사유가 겨우 손을 내밀어 옆에 있는 나무뿌리를 붙잡았다. 가라앉은 바닥에는 어둠이 고여 있었다. 셀 수 없이 많은 눈이 어둠 속에서 이쪽을 쳐다보았다.

우리의 새로운 영혼.

우리의 새로운 세대.

웅웅거리는 목소리가 일렁이는 어둠 속에서 흘러나왔다. 사유는 손에서 점점 힘이 빠지는 걸 느꼈다.

"안 돼…….."

손이 자꾸만 미끄러졌다. 더 이상은 버티지 못하겠다는 생각이 들었다.

"야!"

그때 누군가 사유의 손을 단단하게 붙잡았다. 낮은 목소리에 고개를 들자 진녹색 눈동자가 보였다. 기차 안에서 보았던 그 도시인의 눈동자였다. 그 애의 손을 붙든 순간.

"사유 씨, 이쪽으로 오세요."

눈을 뜨자마자 자신을 부르는 목소리에 사유가 퍼뜩 고개를 들었다. 주변을 둘러보니 어느새 사유는 이음새 하나 없는 깔끔한 복도 의자에 앉아 있었다. 산도, 이상한 목소리도, 그 애도 없었다.

"여울이는…….."

다행히 여울은 옆에 있는 침대에 얌전히 누워 있었다. 꿈을 꾼 듯 멍한 기분이었다.

"사유 씨?"

다시 한번 자신을 부르는 목소리에 사유가 헐레벌떡 자

리에서 일어났다.

"네."

여울의 침대를 밀며 복도 끝으로 향하는 사유의 옷자락에 초록빛 풀물이 들어 있었다.

진녹색 눈동자를 커다랗게 뜨며 여래가 거친 숨을 뱉어냈다.

"헉."

"여래님, 심장박동 수가 증가했습니다. 치료 프로그램을 시작할까요?"

옆에서 들리는 상냥한 목소리에 여래가 고개를 저었다.

"됐어."

그 말에 귓가를 둘러싼 황금색 꽃이 마치 말을 알아들었다는 듯 살짝 떨리더니 곧 움츠러들었다. 여래의 시선은 아직도 깊은 산 어딘가를 바라보고 있었다.

'꿈인가.'

하지만 꿈이라기에는 모든 게 너무 생생했다. 그동안 여래는 산의 꿈을 셀 수도 없이 많이 꾸었지만 이런 꿈은 처음이었다. 다른 사람이 나온 것도 모자라 그 사람의 손을 붙잡다니. 꿈에서 보았던 그 얼굴은 분명 아까 기차 안에서 본 외지인이었다.

여래가 미간을 찌푸렸다. 혹시나 그 외지인도 똑같은 꿈을 꾸었나 하는 생각이 들었다. 게다가 그 애는 분명 산의 목소리를 들은 것처럼 반응했다.

'만약 그 애가 산의 목소리를 들을 수 있다면……'

여래의 몸이 미세하게 떨렸다.

"여래님, 치아에 의한 압박으로 입술에 손상이 가고 있습니다."

부드럽게 경고하는 목소리에 여래는 자신이 입술을 꽉 깨물고 있었다는 걸 깨닫고 얼른 표정을 풀었다. 곧 어머니를 만나야 하니까 한 치의 흐트러짐도 없어야 했다.

"정원지기들의 회의가 끝났습니다. 으뜸 정원지기께서 곧 오실 겁니다."

그 말에 여래는 얼른 자리에서 일어나 옷매무새를 가다듬었다. 땅까지 끌리는 긴 겉옷은 지혜도시의 전통 복장이었다. 그리고 옷에 초록빛이 얼마나 들어갔는지에 따라 그 사람의 지위를 알 수 있었다. 산과 똑같은 초록빛은 지혜도시 내에서 고귀함을 의미했다.

커다란 문이 열리자 사람들이 나왔다. 그들이 입고 있는 긴 겉옷은 전부 다 짙은 초록색이었다. 가장 앞에 있는 깡

마른 여자가 고개를 숙인 여래 앞에 멈춰 섰다. 여래가 자연스럽게 양 손가락을 맞닿게 하여 삼각형 모양을 만들어 보였다.

"산의 숨결이 으뜸 정원지기와 함께하시길."

수결이라고 불리는 동작은 지혜도시 내에서 인사 대신 사용할 정도로 흔했다. 여래가 고개를 들어 어머니의 얼굴을 올려다보았다.

여래의 어머니이자 지혜도시 내에서 가장 존경받는 으뜸 정원지기, 이화. 가무잡잡한 피부와 뒤로 길게 늘어뜨린 머리칼은 여래와 비슷했다. 다른 게 있다면 조금 더 나이가 들어 보인다는 점과 초록빛 옷자락 사이로 보이는 양팔과 두 손 가득히 화려한 녹색 무늬가 가득하다는 것 정도였다. 이화의 서늘한 눈빛이 여래를 위아래로 훑었다.

"그래, 바깥은 잘 다녀왔니?"

"어머니 덕분에요."

"외지인들과 만났다고 하던데."

잠깐 머뭇거리던 여래가 단호한 어조로 대답했다.

"네. 들어오는 기차가 같았거든요."

이화가 고개를 끄덕였다. 여래가 입꼬리를 끌어올려 웃어 보였다. 여래를 바라보는 이화의 눈빛은 항상 똑같았다.

쓸 만한 가치가 있는지 꼼꼼히 따지는 듯한 눈빛이었다.

"그래, 돌아온 걸 봤으니 됐다. 가 보렴."

여래가 고개를 끄덕이고는 자리를 비켰다. 옆에 있던 다른 정원지기가 두 사람의 이야기가 다 끝났다고 생각한 듯 입을 열었다.

"요새 그림자들의 움직임이 심상치 않습니다. 지혜도시 내에 그들이 남긴 흔적이 발견되는 횟수가 많아지고 있습니다. 어떻게 해야 할지요?"

이화가 걸음을 옮기며 대답했다.

"그래 봤자 그들의 숫자는 우리에 비해 절대적으로 적지 않습니까. 일단은……."

정원지기들의 목소리가 멀어지자 여래는 숙이고 있던 고개를 다시 들고 안도의 숨을 가볍게 내쉬었다. 여래가 조용히 다른 정원지기가 했던 말을 속삭였다.

"그림자라."

여래가 저도 모르게 옷 안쪽에 넣어 둔 쪽지를 매만졌다. 바스락거리는 감촉에 불안했던 여래의 마음도 조금 누그러드는 기분이었다.

지금은 때가 아니었다. 아직은 기다려야 했다. 다시금 꿈속에서 본 외지인이 떠올랐다. 여래가 입을 열었다.

"오늘 도시로 들어온 거주민 목록 검색해 줘."

곧바로 허공에 목록이 떴다. 여래는 그중 자신이 찾던 한 명을 바로 짚어 냈다. 끝을 알 수 없게 까맣고 깊은 눈동자와 창백한 피부. 묘하게 어딘가 벽이 있어 보이는 표정. 그건 정말 여래와는 정반대의 표정이었다.

"사유……."

그 이름을 여래가 가만히 되뇌었다. 분명 뭔가 있었다. 그리고 그게 뭔지는 몰라도 아주 중요하다는 것도 어렴풋이 알 수 있었다. 사유의 사진 옆에 나이와 가족 관계가 보였다. 부모는 없었고 쌍둥이 동생이라는 설명과 함께 여울이라는 이름이 적혀 있었다.

여래는 사유가 지혜도시에서 사용할 집 주소를 마지막으로 확인했다.

＊

"어디 가는 건가요?"

사유의 물음에 남자가 미소를 지었다.

"사유 씨와 여울 씨가 쓰실 숙소예요. 이번에 도시 안으로 들어오신 분 중 특별히 사유 씨와 여울 씨에게는 여름산과 가장 가까운 숙소가 배치되었거든요."

"산과 가까운 숙소요?"

"네, 아무래도 여울 씨의 상태 때문에 정원지기님들이 신경 써 주신 듯해요. 좋은 일이죠. 도시인들도 산과 가까운 집을 구하지 못해 난리인데요. 아, 이쪽으로."

남자가 복도 바닥에 그려진 빛나는 원 안으로 들어섰다. 그러자 두 사람이 서면 꽉 찰 만큼 작았던 원이 곧 여울의 침대까지 들어갈 만큼 커졌다. 그러더니 원기둥 같은 막이 올라와 주변을 둘렀다.

원기둥 막에 홍보 영상이 흘러나왔다.

"산이 지켜 주는 지혜도시는 세상에서 가장 안전한 도시입니다. 산이 만든 정원로는 지혜도시 곳곳 그리고 여러분의 개인 정원을 관리합니다. 정원을 이용해 여러분이 꿈꿔 왔던 모든 것을 이뤄 보세요."

중앙 정원, 정원로 그리고 개인 정원은 지혜도시를 이루는 독특한 구조 중 하나였다. 산을 둘러싼 중앙 정원, 산에서 뻗어 나온 정원로 그리고 지혜도시에 사는 사람이라면 전부 하나씩 가지게 되는 개인 정원.

둘러싼 막에는 이제 지혜도시 곳곳에서 본 산의 풍광과 모습이 파노라마로 펼쳐졌다. 언제 어디서나 같은 모습으로 지혜도시를 지키는 산. 아까와는 전혀 다른 이미지였다. 자세히 들여다보면 사유가 보고 들었던 에너지나 목소리의 흔적이 남아 있을까 싶어 눈도 깜박이지 않고 영상을 보았지만 아무것도 찾지 못했다.

사유가 중얼거렸다.

"치유와 정화의 산······."

산은 지혜도시를 치유하고 정화했다. 지혜도시에서 나오는 모든 쓰레기와 오염 물질을 정화했고 또 지혜도시에 사는 이들을 치유해 주었다.

옆에 있던 남자가 미소를 지었다.

"정말 멋있죠? 언젠가 사유 씨도 중앙 정원에 직접 가 볼 수 있는 축복이 오면 좋겠네요."

축복이라, 사유는 속으로 되뇌었다. 남자의 시선이 잠깐 누워 있는 여울에게 가닿았다는 걸 알아챈 사유가 머뭇거리다 입을 열었다.

"정말로 산이 사람들을 치유하나요?"

남자가 고개를 끄덕였다.

"그럼요. 산께서는 지혜도시와 이곳에 사는 모든 사람을 굽어살피시니까요. 물론 아무나 중앙 정원에 들어갈 수 있는 건 아니고 산의 권능을 받는 게 쉬운 일은 아니지만, 믿음이 있다면 언젠가는 치유받을 수 있을 거예요.”

그건 사유가 지혜도시에 들어오려 그렇게 애를 썼던 이유 중 하나였다. 중앙 정원에 들어갔다가 불치병이 싹 나았다는 소문들. 어떻게 그럴 수 있는지는 아무도 몰랐지만 중요한 건 결과였다. 죽을병에 걸렸던 사람들이 나았고 사지를 쓰지 못하던 사람들이 걸어 다녔다.

사유는 자신이 중앙 정원에 들어갈 수만 있다면 여울도 길고 긴 혼수상태에서 빠져나올 수 있지 않을까 하는 기대가 있었다.

“믿음이 있다면…….”

사유가 남자의 마지막 말을 되뇌었다.

“중앙 정원에 들어갈 사람을 심사하는 건 산을 모시는 정원지기님들의 몫이니까요.”

원기둥 막이 걷히자 도착한 곳에는 문이 하나 있었다.

“이곳이 사유 씨와 여울 씨의 숙소입니다.”

어리둥절해하는 사유의 얼굴을 보고 남자가 얼른 설명을 덧붙였다.

“아, 지금 우리가 이용한 건 일종의 엘리베이터 같은 거예요. 설정해 놓은 곳이면 어디든 갈 수 있지요.”

사유가 주변을 잠깐 둘러보았다.

"그럼 이걸 통해서만 바깥으로 나갈 수 있나요?"

"네, 원을 바로 문 앞으로 불러올 수 있어요. 이 복도 전체가 출입구인 셈이죠."

"그럼 만약에 비상사태나 사고가 일어난다면요?"

생각지도 못했던 사고가 여울을 덮친 후, 사유는 안전에 대해 민감해질 수밖에 없었다. 하지만 심각한 사유의 얼굴과는 다르게 남자는 도대체 뭐가 문제인지 모르겠다는 표정이었다.

"비상사태나 사고요?"

"네, 그럴 땐 통로가 작동하지 않을 거 아니에요. 그런 상황에서는 뭘 이용해야 하는 건지 해서요."

잠깐 생각하던 남자가 아, 하는 소리를 내며 웃었다.

"사유 씨는 이제 막 바깥에서 왔으니 그런 생각을 할 수도 있겠네요."

남자가 숙소의 문을 열며 말했다.

"아까 영상에서 보지 않았나요? 지혜도시는 세상에서 가장 안전한 도시라고요. 지혜도시가 세워진 이후, 단 한 번도 사고가 일어난 적 없어요. 지혜도시의 모든 부분은 산이 관리하거든요. 이런 통로들도 전부 산의 정원로에서 뻗어 나온 겁니다. 산의 뿌리들이 지혜도시를 단단히 지탱해 주는 셈이죠. 그러니 이곳에서 비상사태나 사고가 일어날 일은 없습니다."

남자의 목소리는 확신에 차 있었다. 사유는 지혜도시에 살면 전부 저런 믿음을 가지게 되는 건지 궁금해졌다.

"지혜도시에 사고가 일어나는 날은 산에 무슨 일이 생긴다는 건데, 그건 이 지혜도시의 종말과 같습니다. 그러니 그런 일은 없겠지요. 자, 들어오세요."

남자를 따라 집 안으로 들어가자 가장 먼저 보이는 건 역시 산이었다. 거실의 커다란 창을 통해 산의 모습이 꽉 차 있었다. 시퍼런 산의 색채가 사유의 눈에 불쑥 뛰어들었다.

남자는 산에 시선을 떼지 못하며 말했다.

"정말 좋은 곳이죠. 산을 이렇게 가까이서 볼 수 있다니, 정말 복이에요."

복이라는 단어가 이질적으로 들렸다. 겨우 정신을 차린 남자가 얼른 여울의 침대를 한쪽으로 옮겼다.

"침대는 이곳에 놓으면 될 거예요. 아무래도 산과 가까운 편이 건강을 되찾는 데 좋을 테니까요. 그리고 이건 두 분께 지급된 개인 정원입니다."

남자가 내민 작은 씨앗 같은 것을 사유가 받아 들었다.

"지혜도시에서 살려면 개인 정원이 꼭 필요해요. 모든

건 개인 정원이 관리해 주거든요. 작게는 집 관리부터 개인 간의 연락, 도시 안 정원로와의 연결, 안전 관리까지요. 그리고 이걸 통해 개개인을 식별하기 때문에 지혜도시의 시스템을 이용할 때도 필요해요. 공공시설 입장 같은 것도요. 그러니 꼭 휴대하고 다니시길 바라요."

사유가 손바닥에 있는 작은 씨앗을 바라보았다.

"가지고 다니기에는 너무 작지 않나요?"

그 말에 남자가 자신의 손목을 보여 주었다. 마치 팔찌처럼 가느다란 풀잎이 자라 둥글게 손목을 감싸고 있었다.

"씨앗 자체를 가지고 다니는 게 아니에요. 이렇게 몸 어딘가에 씨앗을 심으면 된답니다. 개인 정원이라고 불리는 이유가 이런 것 때문이지요. 사람마다 다른 식물이 자라나요."

"신기하네요."

"씨앗은 크기를 마음대로 조절할 수 있으니 편한 곳에 심으면 됩니다. 다들 스타일이 달라서요. 귀 뒤에 심어서 귀걸이처럼 보이도록 꽃송이를 내리는 사람도 있고 팔에 담쟁이처럼 휘감는 사람도 있고……."

"머리칼 사이에 자라게 해 장식처럼 보이게 하는 사람도 있겠군요?"

사유는 기차 안에서 봤던 그 애의 붉은 머리칼과 그 사이에서 반짝이던 금빛 꽃을 떠올렸다.

"맞아요. 꾸미는 건 자유니까요. 소지하고만 있으면 됩니다."

"이런 모양일 줄은 몰랐어요."

"지혜도시는 이렇게 모든 부분이 산과 개인 정원을 통해 연결돼서 하나의 커다란 유기체에 가까워요. 모든 부분이 동시에 소통하며 전체를 관리하죠. 어느 부분이 부족하면 자연스럽게 나머지가 모자란 부분을 채워요. 그렇기에 지혜도시가 완벽을 유지할 수 있는 겁니다."

남자의 목소리에 자부심이 깃들어 있었다.

"심으면 바로 작동은 하지만 다 자랄 때까지는 몇 시간 정도 걸리니 심어 두는 게 좋을 거예요. 내일부터는 사유 씨도 지혜도시에 본격적으로 적응해야 할 테니."

그때 남자의 손목을 감싼 풀잎이 빛났다. 가볍게 풀잎을 쓸어내린 남자가 사유에게 말했다.

"지금 막 메시지가 왔어요. 내일부터 며칠간 지혜도시 적응을 위해 사유 씨를 도와주실 분이 결정됐다고 하네요."

풀잎이 메시지를 허공에 띄웠다. 허공에 사진 한 장이 떴다.

"어?"

사진 속 아이는 사유가 분명 기차 안과 꿈에서 봤던 그 애였다. 까무잡잡한 피부, 붉은 머리칼과 진녹색 눈동자.

"여래님이로군요."

그렇게 말하는 남자의 목소리에는 미묘한 떨림이 있었다. 마치 아주 귀한 것을 마주한 듯했다. 그걸 느낀 사유가 지나가는 투로 물었다.

"누군지 아세요?"

"아직 사유 씨는 모르겠군요. 여래님은 현재 으뜸 정원지기이신 이화님의 따님이시자 차기 으뜸 정원지기가 되실 분이십니다."

그 말에 사유의 눈동자가 커졌다. 보통 사람은 아니라고 생각했지만 그렇게 높은 위치에 있는 줄은 몰랐다.

"차기 으뜸 정원지기……."

"아마 내일쯤이면 여래님께서 오실 겁니다. 그럼 지혜도시에 대해서 좀 더 많이 알게 되실 거예요. 그럼 전 이만 가 보겠습니다. 산의 숨결이 함께 하시길."

자리에서 일어난 남자가 수결을 만들어 보였다.

"아, 감사합니다."

사유도 얼른 수결을 만들어 인사했다. 남자가 나가자 이제 집에는 사유와 여울뿐이었다.

숙소라고는 하지만 처음으로 갖게 된 둘만의 집이었다. 사유가 천천히 집 안을 돌아보았다. 좋은 곳이라는 남자의 말은 거짓이 아니었다. 모든 집기가 바로 사용할 수 있게 구비되어 있었고 척 봐도 고급스러워 보였다.

"차기 으뜸 정원지기라."

지혜도시 사람이라면 가까이하는 것만으로도 영광이라고 생각하는 산에 가장 가까이 있는 중앙 정원. 그곳을 드나들며 산을 관리하는 역할을 부여받은 소수가 바로 정원지기였다.

산에서 뻗어 나온 정원로는 지혜도시 안의 모든 것을 관리하고 정보를 조사해 취합하며 지혜도시가 가장 올바른 방향으로 나아갈 수 있도록 결정을 내렸다. 정원지기들은 산의 결정을 도시 거주민들에게 알리고 산을 관리하는 일을 맡았다. 으뜸 정원지기는 그런 정원지기들 중에서도 가장 높은 자리에 있는 정원지기였다.

사유가 조그맣게 속삭였다.

"너도 그 꿈을 꾸었을까?"

분명 꿈속에서 눈이 마주쳤다. 아직 손바닥의 감촉도 생생했다. 어쩐지 사유는 여래도 자신과 똑같은 꿈을 꾸었을 거라는 직감이 들었다. 사유가 여래의 얼굴을 떠올렸다. 과연 내일 우리는 어떤 얼굴로 마주할지.

더 깊게 생각하지 않겠다는 듯 고개를 저은 사유가 여울이 있는 침대 쪽으로 향했다. 거울을 보는 것처럼 똑같은 얼굴. 사유가 조용히 중얼거렸다.

"이렇게 산과 가까이 있으니 너도 일어날 수 있을지 몰라."

대답은 돌아오지 않았다. 그래도 익숙했다. 사 년 동안 줄곧 대답이 돌아오지 않는 대화를 해 왔으니까.

여울과 같이 웃고 같이 이야기하지 못한 지 벌써 사 년. 사유와 여울은 같이 태어나 같이 자라고, 모든 것을 함께했다. 말이 필요 없는 사이는 사유와 여울을 가리키는 말이었다. 세상 모든 사람이 등을 돌린다고 해도 마지막까지 서로를 이해할 단 한 사람.

"그러니까 괜찮아. 여울이 너는 그냥 네 속도에 맞게, 천천히 걸어서 나에게 오면 돼."

여울이 일어날 수 있다는 희망만 있다면 사유는 뭐든지 할 수 있었다. 그리고 그건 여울도 마찬가지였을 것이다. 사고를 당해 누워 있는 게 사유였더라면 여울 역시 사유를 되찾기 위해 뭐든지 했을 거였다.

"그러니까 나도 널 찾기 위해 뭐든지 할 거야. 여울이 넌 그냥 날 믿으면 돼."

검은 머리칼, 붓으로 휙 그은 것 같은 눈썹, 긴 눈꼬리. 콧잔등과 뺨에 뿌려진 주근깨와 어릴 적 걸린 전염병이 남긴 뺨의 흉터까지.

사유가 조그마한 목소리로 속삭였다.

"있지, 여울아. 지금도 난 눈을 감으면 그때가 떠올라."

그날도 여울과 함께 하루 동안 있었던 일을 이야기하며 공동생활체 숙소로 돌아가던 길이었다. 주로 여울이 말하고 사유가 듣는 쪽이었다. 사유보다 조금 더 높은 여울의 목소리는 이름처럼 작은 물결이 파도치는 소리 같았다.

"듣고 있어? 그래서 내가 말이야……."

뭐라고 말을 하려던 것처럼 살짝 벌려진 여울의 입술, 흩날리는 머리카락, 멈춘 목소리. 그리고 미소가 어린 여울의 얼굴 위로 천천히 내려앉던 그 둥그런 그림자. 순간 시간도 몸도 전부 멈춰 버린 기분이었다. 당장 비키라고 여울을 밀어내야 했다. 그러나 사유의 목소리는 나오지 않았고 뻗은 손은 닿지 못했다.

그날, 사유와 여울의 운명을 갈랐던 사고는 사유의 눈앞에서 펼쳐졌다. 사유는 작게 숨을 들이마셨다. 이미 몇십,

아니 몇백 번도 더 되풀이한 기억이었지만 그때마다 처음 겪는 것처럼 온몸이 떨려 왔다. 앞으로 몇천 번을 더 떠올린다고 해도 적응되지 않을 기억이었다.

수사는 일이 터지고 며칠 뒤에야 겨우 진행되었다. 사건의 원인은 청소 로봇의 오작동 때문이었다. 아무도 없는 집에서 갑자기 움직인 청소 로봇이 무거운 달 항아리 화병을 쓰레기로 착각해 창문 밖으로 던진 거라고 했다. 갑자기 왜 그런 오류가 일어났는지, 로봇이 어떻게 명령 없이 움직인 건지 아무도 설명해 주지 않은 채 수사는 종결되었다. 사유에게 남은 건 아무것도 없었다.

무거운 화병이 여울의 머리 위에 떨어졌을 때, 시간은 영영 돌릴 수 없는 곳으로 내달리고 말았다. 흩뿌려진 뜨거운 핏방울과 그 후로 볼 수 없는 여울의 눈동자와 함께.

처음에는 믿지 못했다. 사실이라기에는 너무 거짓말 같았다. 눈앞에서 일어난 사고였는데도 믿을 수가 없었다. 그러나 여울이 일어나지 못하는 시간이 점점 길어지면서 받아들일 수밖에 없었다. 여울은 돌이킬 수 없는 사고를 당했으며 끝을 알 수 없는 혼수상태에 빠져 있어야 한다는 것을. 그다음에 사유를 찾아온 건 끊임없는 자책감이었다. 자신이 손을 조금만 일찍 뻗었더라면. 혹은 우리가 좀 더 빨리 걸었더라면. 이상한 걸 금방 알아차렸더라면. 그랬더라면 여울이 이렇게 잠들 일도 없었을 것이다.

"조금만 더 참아. 내가 널 깨워 줄게."

사유는 여울의 얼굴을 가만히 들여다보았다. 그리고 남자가 주고 간 씨앗을 여울의 손목에 올려놓았다. 앞으로 이곳의 병원에서 통원 치료를 받으려면 여울에게도 개인 정원이 꼭 필요했다. 작은 씨앗이 여울의 피부 위에 가볍게 스며들었다. 그리고 두근거리는 맥박을 따라 씨앗에서 움이 텄다. 잎사귀도 없이 겨우 자란 초록빛 줄기가 둥그렇게 여울의 손목에 팔찌처럼 묶였다.

사유는 남은 씨앗을 두고 살짝 망설였다. 평소 같으면 당연히 자신도 손목에 씨앗을 심었겠지만 어쩐지 그러고 싶지가 않았다.

폭포처럼 쏟아지는 붉은 곱슬머리 사이에서 피어난 황금빛 꽃과 그 머리칼 사이에서 흘러나오던 야생의 향기가 떠올랐다. 고민하던 사유가 씨앗을 왼쪽으로 넘긴 가르마 사이에 심었다.

"어……."

여울의 것과는 달리 씨앗을 심자마자 줄기와 잎사귀가 자라 얼굴 앞으로 흘러내려 사유의 눈에 들어올 정도였다.

사유가 창문에 비친 자신을 확인했다. 길쭉한 잎사귀들이 달린 줄기가 몇 가닥 보였다. 꽃은 없었지만 풍성한 녹색 빛깔이 눈에 잘 들어왔다.

사유가 자라난 줄기를 잡아 머리카락과 함께 묶어 넘기자 제법 도시인처럼 보였다.

사유가 혼자 중얼거렸다.

"잘할 수 있어. 넌 잘해야만 해."

＊

"주소지 B-31."

여래가 원 위에 섰다. 그러자 막이 여래를 감쌌다. 쾌활한 목소리가 인사를 건넸다.

"안녕하세요, 여래님! 오늘 지혜도시의 날씨는……."

"기능 오프."

여래의 말에 곧 내부가 조용해졌다. 둘러싼 막에 홍보 영상도 뜨지 않고 잠잠했다. 거울 같은 막에 여래의 모습이 비쳤다.

초록빛 줄무늬가 길게 들어간 옷, 머리칼 사이에서 반짝이는 정원 그리고 왼쪽 가슴팍에 달린 고사리 모양의 브로

치. 그건 여래가 정원지기 가문의 사람이며, 앞으로 정원지기 일을 맡을 거라는 일종의 표식이었다.

으뜸 정원지기의 딸이자 산의 축복을 받은 자. 지혜도시 사람이라면 누구나 여래를 부러워했다. 여래가 자신의 진녹색 눈동자를 보았다. 도시인들이라면 누구나 그 눈을 보고 단번에 알아차렸다. 산의 축복을 받았구나, 하고.

눈만이 아니었다. 긴 옷자락을 들추면 그 안에 녹색 무늬들이 숨어 있었다. 어두운 피부 위로 자라난 선명한 초록빛 줄기와 잎사귀들은 등부터 시작해 어깨 위쪽을 덮고 있었다. 그건 마치 몸에 자라난 덩굴 같았다.

그것은 오로지 선택받은 자만이 받을 수 있는 산의 흔적, 산의 축복이었다. 지금 활동하고 있는 정원지기 중에서 산의 축복을 직접 받은 사람은 이화를 제외하면 아무도 없었다. 그렇기에 모두가 차기 으뜸 정원지기 자리에 여래가 오를 거라고 예상했다. 유일하게 산의 축복을 받았으니까.

그러나 여래는 보는 것만으로도 황홀한 진녹색 흔적을 싫어했다. 여래에게는 축복이 아니라 족쇄였다. 산이 남긴 흔적은 지울 수 없었다. 다시 말해 여래는 절대 지혜도시를 떠날 수 없으며 산과 중앙 정원에서 벗어날 수 없었다. 선대 정원지기들처럼 살아야 하고 몸과 마음을 다해 산을 섬

겨야 한다는 거였다.

여래가 손을 뻗어 옷 안의 쪽지를 만졌다. 흔들리던 여
래의 눈동자도 다시 가라앉았다.

"어쩌면 이제 나에게도 때가 온 건지 모르지."

자신에게 무언가를 숨기는 어머니, 어디에서 온 건지 모
르는 자신의 존재 그리고 이 모든 짐을 벗어 던질 순간이.

막이 걷히자 바로 앞에 B-31의 문이 보였다. 잠깐 고민
한 여래가 손을 들어 문을 두드렸다. 남들이 본다면 영화에
나 나올 법한 구시대적 행동을 한다고 웃을 일이었다. 지혜
도시에 안에서는 정원 간 통신으로 방문 메시지를 남겨 놓
는 경우 주인이 수락하면 알아서 문이 열리고, 혹시라도 주
인이 없는 경우에는 어디서 어떻게 기다려야 하는지 알려
주는 게 보통이었다.

방문 메시지를 보냈는데도 문조차 열려 있지 않은 모습
을 봤다면 다들 예의가 없다고 말할 게 분명했지만 상대는
도시인이 아니라 어제 막 바깥에서 온 외지인이었다. 태어
나서 한 번도 직접 문을 두드려 본 적이 없는 여래가 문을
두드렸다. 닫힌 문 앞에서 기다리는 것도 여래에게 처음 있
는 일이었다.

"누구……."

문이 열리고 그 뒤로 사유의 얼굴이 보였다. 여래를 본 사유가 말꼬리를 흐렸다. 여래가 웃으며 입을 열었다.

"안녕. 어제 봤지, 우리?"

사유의 얼굴은 경직되어 있었다. 그걸 본 여래는 사유도 자신과 똑같은 꿈을 꿨다는 걸 단박에 알아챘다. 산의 꿈을 꾸는 외지인. 그 생각에 다시 한번 여래의 피부에 가벼운 소름이 일었다. 표정을 가다듬은 여래가 아무렇지 않게 입을 열었다.

"어제 못 들었어? 지혜도시 적응을 돕기 위해 사람이 온다고."

"들었어."

"그럼 좀 들어가도 될까?"

자연스러운 여래의 태도에 사유가 그제야 문을 열었다. 안으로 들어온 여래가 안을 살폈다.

"아직 짐도 다 안 풀었구나. 개인 정원은 이미 받았네? 예쁘다. 꽃도 너랑 어울리고."

사유가 되물었다.

"꽃?"

"응. 네 검은 머리칼 위로 피어 있는 보라색 등나무꽃. 그게 네 개인 정원 아니야?"

여래의 말에 사유가 살짝 놀란 표정으로 거울을 보았다. 그러자 정말 하나로 올려 묶은 머리카락 위로 보랏빛 꽃송이가 흔들리는 게 보였다.

"주로 손목이나 팔 같은 곳에 심는데. 특이한 곳에 심었네?"

여래의 그 말에 순간 사유의 얼굴이 달아올랐다. 차마 어제 보았던 네 모습 때문에 그랬다고 할 수는 없었으니까. 하지만 막상 여래는 신경 쓰지 않는 듯했다. 사유는 조금 전까지 나뭇잎밖에 없던 개인 정원에 갑자기 꽃이 핀 게 놀라웠다.

"어때? 지혜도시에 들어온 기분이."

여래의 물음에 사유가 천천히 대답했다.

"아직까진 실감이 안 나."

여래가 산과 가까운 창문의 침대에 누워 있는 여울을 보았다.

"진짜 닮았네. 여울이라고 했나. 동생 때문에 여기까지 온 거야?"

"응, 그것 말곤 선택권이 없었어."

그 말에 여래가 고개를 들어 사유를 보았다. 하지만 동정하는 눈빛은 아니었다. 네가 어떤 상황이었는지 알 것 같다는 눈빛이었다.

"산의 치유 능력에 대해 들어 본 적 있어?"

여래의 말에 사유가 작게 고개를 끄덕였다.

"하지만 그건 중앙 정원 안에 들어가야 가능한 일이라고 알고 있어."

"그렇지. 직접 산을 느껴야 그 능력을 받을 수 있는 거니까."

여울과 사유를 번갈아 바라보던 여래가 물었다.

"여울이가 이렇게 된 건 언제부터야? 아, 불편하면 꼭 대답하지 않아도 돼."

"괜찮아. 올해로 사 년째야. 첫해는 굉장히 힘들었지만 지금은 어느 정도 익숙해졌어."

"사 년이라."

그렇게 중얼거린 여래가 잠에 빠져 있는 여울의 얼굴과 사유의 얼굴을 연달아 바라보았다.

'분명 뭔가 흔적이 있어야 하는데.'

여래는 기차역과 꿈속에서 분명 이들에게 어떤 느낌을 받았다. 하지만 그 느낌은 어른거리는 안개 같아서 여기 있는 것 같다가도 가까이 다가가면 실체가 보이지 않았다. 그래서 여래는 좀 더 살펴보고 싶었다. 만약 자신의 생각이 맞다면 서로를 도울 수 있을지도 모르니까.

그때 여래의 귓가에 사유의 목소리가 들렸다.

"너, 우리를 봤지? 꿈에서."

그 말에 여래가 천천히 고개를 들어 올렸다. 사유와 여래의 시선이 맞부딪쳤다. 사유의 눈빛에 여래는 대충 둘러대거나 거짓말을 할 수 없겠다는 생각이 들었다.

"구해 줬잖아."

사유의 말에 여래가 고개를 끄덕이고는 입을 열었다.

"너도 같은 꿈을 꿨을 거라고 생각했어. 그래서 확인해 보고 싶었고."

사유가 물었다.

"꿈이 맞아?"

그건 여래도 고민한 부분이었다.

"바로 본론으로 들어가는구나."

"빙빙 돌려 말할 필요 없잖아."

여래가 생각에 잠긴 듯 눈을 깜박였다. 그때마다 언뜻거리는 여래의 진녹색 눈동자가 아름다웠다.

"솔직히 말하면 나도 뭐라고 답할 수가 없어. 똑같은 꿈을 꾼 건 맞지만, 우리가 있던 장소가 꿈인지 아니면 정말로 산이 우리를 부른 건지는 모르겠거든."

그 말에 사유가 저도 모르게 창밖의 산을 쳐다보았다. 여전히 짙은 녹색으로 빛나는 산이 휘, 바람에 한 번 흔들렸다.

사유의 입에서 생뚱맞은 말이 흘러나왔다.

"이 도시의 면적은 약 육백 제곱킬로미터요."

사유는 꿈에서 들었던 목소리를 따라 말했다. 순간 여래의 얼굴이 굳었다.

"너, 그건 대체 어디서 들었어?"

그렇게 묻는 여래의 목소리는 다급했다. 사유가 얼떨떨한 목소리로 대답했다.

"꿈에서. 왜?"

"꿈이라면 산속에서? 어떤 목소리였어?"

다급하게 물어보는 여래를 보며 사유가 이상하다는 표정으로 대답했다.

"여러 명이 한꺼번에 합창하는 것처럼 말해서 어떤 목소리였는지는 잘……."

그 말을 들은 여래의 눈이 빛났다.

"정말로 들었구나! 네가 정말로 들었어!"

그렇게 외치는 여래의 목소리에는 환희가 깃들어 있었다. 사유는 여래가 왜 저렇게 기뻐하는지 알 수 없었다.

"네가 들은 건 산의 목소리야. 사유야, 넌 정원지기가 될 자질을 갖고 있어."

여래가 사유의 어깨를 꽉 붙잡았다. 가까이 다가온 여래의 눈은 반짝반짝 빛나고 몸에서는 산의 향기가 났다. 살아 있는 풀과 나무둥치, 이끼와 물이 섞인 향기. 사유는 정원지기 사람들은 전부 다 이런 향기를 가지고 있는 걸까 하는 생각이 들었다.

"그게 무슨 말이야? 정원지기라니?"

하지만 여래의 얼굴은 여전히 환했다.

"정원지기가 어떻게 산을 관리하는 줄 알아?"

사유가 고개를 젓자 여래가 열의에 찬 목소리로 말했다.

"중앙 정원은 구역이 나뉘어 있어. 방위대로 말이야. 그리고 정원지기는 각자 맡은 구역을 노래를 통해 관리해. 네가 들었던 산의 목소리 말이야."

"노래를 통해서 관리한다고?"

"응, 산이 들려준 노래를 배우고 암송하는 게 정원지기의 일이야. 산이 변화하면서 유실되거나 사라진 부분들을 노래로 다시 채울 수 있거든. 산을 복원하는 거지."

"노래로 산을 복원한다는 게 가능해?"

여래가 딱 잘라 대답했다.

"산은 가능해. 노래를 부르면 그 노래에 따라 산도 움직여. 마치 우리의 노래가 이전으로 되돌아갈 수 있는 키워드인 것처럼."

사유는 자신이 보고 느꼈던 산을 떠올렸다. 평범한 규칙 따위는 통하지 않을 것 같은 곳이니 그럴 만하겠다 싶었다. 그래도 노래를 따라 움직이는 산이라니 신기했다.

"산은 정원지기에게 자신의 노래를 알려 주지. 정원지기는 자신이 들은 노래를 후대 정원지기에게 그대로 가르쳐. 비록 구역이 나뉘어 있어도 자신이 해당하는 산의 노래를 배우는 건 시간이 꽤 많이 걸리는 일이거든."

여래가 천천히 말을 이었다.

"네가 말한 건 내가 맡을 산의 노래였어. 그래서 바로 알아챈 거야. 하지만 나도 그 노래를 내 어머니에게 배운 거지, 산에게 직접 듣지는 못했어."

여래가 붙잡았던 사유의 어깨를 놓았다.

"이제 알겠어? 네가 얼마나 위대한 일을 해낸 건지."

위대한 일, 그 말이 사유의 귓가에 박혔다.

"넌 정원지기가 될 수 있어. 아니, 이미 정원지기 그 자체지. 사유, 넌 최초의 외지인 정원지기가 될 수 있다고."

그 말에 사유가 멍하니 눈을 깜박였다. 단 한 번도, 누군가 사유에게 중요한 사람이 될 수 있다거나 혹은 더 나은 대접을 받을 수 있을 거라고 말해 주지 않았다.

'최초의 외지인 정원지기.'

그 말이 샛별처럼 빛났다. 바깥에서는 할 수 있는 게 아무것도 없었지만, 어쩌면 자신의 쓰임새가 이곳 지혜도시에 있었던 건지도 모른다는 생각이 들었다.

여래가 사유의 손을 붙잡았다.

"만약 네가 정원지기가 된다면, 여울이도 가장 최고의 치료를 받을 수 있어. 그리고 원한다면 얼마든지 여울이를 중앙 정원에 들여보낼 수도 있고. 다른 사람의 허가 따위는 필요하지 않아. 네 스스로 여울이를 지키고 치료할 수 있는 거야."

사유가 여래의 말을 되뇌었다.

"내 스스로……."

그게 얼마나 중요한지 사유는 잘 알고 있었다. 바깥에서도 다른 사람의 호의에 기댄 적이 있었다. 그러나 그때마다 끝은 좋지 않았다. 결국 스스로의 힘으로 자신을 지켜야 한다는 것만 배웠을 뿐이었다. 자신의 손으로 단단히 붙잡지 않은 것들은 전부 모래처럼 빠져나갔다.

'내가 정원지기가 된다면.'

그보다 더 단단히 붙잡을 수 있는 기회는 없었다. 사유
는 이미 확실히 느꼈다. 지혜도시 내에서 산과 조금이라도
가까우면 가까울수록 얼마나 더 좋은 대접을 받는지. 될 수
만 있다면 되고 싶었다. 생각도 하지 못한 욕망이 사유의
마음 안쪽에서부터 자라났다.

"하지만 산의 목소리를 들었다고 해도, 여기서 아무런
기반도 없는 내가 어떻게 정원지기가 될 수 있겠어?"

"내가 가르쳐 줄게."

그 말에 사유가 여래를 바라보았다.

"네가?"

"응. 난 그동안 정원지기로 키워졌어. 그러니 나만큼 너
를 잘 가르쳐 줄 사람은 없을 거야."

"아니, 잠깐만."

사유가 손을 내저었다.

"그러니까, 왜? 네가 왜 나를 정원지기로 만들어 주겠다
는 거야?"

그 말에 여래의 시선이 아득해졌다. 그 질문에 대해 대
답하려면 시간을 거슬러야 했다. 어느 날, 중앙 정원에서
우연히 컨테이너 하나를 발견한 때로.

"진짜 내가 누구인지 궁금하니까."

여래의 대답에 사유의 눈썹이 살짝 찌푸려졌다.

"진짜 너라니?"

사유가 되물었지만 여래는 대답하지 않았다. 여래가 천천히 고개를 돌렸다. 진녹색 눈에 산이 담겨 초록빛이 위험하게 번뜩였다.

"너에게 여울이라는 이유가 있는 것처럼, 나에게도 어떤 이유가 있어. 지혜도시를 떠나고 싶은 이유가."

멍한 목소리로 사유가 물었다.

"뭐라고?"

생각해 본 적도 없었다. 이 지혜도시에 들어오고 싶은 사람은 많았지만 떠나고 싶어 하는 사람은 아무도 없었다. 그건 당연한 일이었다. 사유의 표정을 본 여래가 고개를 끄덕였다.

"내 선택을 너에게 이해시키고 싶은 생각은 없어. 너는 그저 한 가지만 결정하면 돼."

여래가 손을 내밀었다. 사유의 눈에 가무잡잡하고 길쭉한 손가락이 보였다.

"나 대신 정원지기의 자리에 올라 줄래? 난 나를 대신할 수 있는 사람을 찾아 헤맸어."

사유는 기분이 이상했다. 바깥에서는 그 누구도 사유에

게 그런 부탁을 하지 않았다. 사유는 늘 혹 같은 존재이지 무언가를 대신할 수 있는 사람이 아니었으니까.

사유가 천천히 말했다.

"기차 안에서 너를 처음 봤을 때, 이보다 더 도시인 같아 보이는 사람은 없다고 생각했어. 그런 네가 이 도시를 떠난 다는 말을 하다니 놀랍네."

여래의 눈동자에는 한 치의 거짓도 없었다. 바깥에서 수 많은 사람을 만나 온 사유는 그 진심을 바로 알아챘다.

"내가 네 자리를 대신 해야만 네 소원이 이루어지는 거야?"

"응. 떠도는 소문이긴 하지만 정원지기 중에서 단 한 사람만이 정원지기를 관두고 사라졌다고 해. 그 사람이 정원지기를 관둘 수 있었던 건 대신할 정원지기를 찾았기 때문이라고."

여래가 사유를 바라보았다.

"그리고 마침내 네가 나타났지. 네가 내 인생의 다른 길을 열어 줄 수 있어."

"만약 내가 거절한다면?"

여래가 희미하게 웃었다. 정말 거절할 수 있겠냐는 미소였다.

이유야 어쨌든, 여래는 지혜도시의 바깥으로 나가고 싶어 했고 사유는 정원지기의 자질이 있다고 했다. 사유가 정원지기가 된다면 여울에게도 좋을 게 분명했다.

사유가 여래의 손을 잡았다.

"서로의 목적이 맞으니 마다할 이유가 없지."

"그럼 우리는 이제 공동의 목표를 가진 거야, 맞지?"

"맞아."

사유와 여래의 시선이 오갔다.

산의 노래

커다란 테이블 가운데가 푹 파여 물이 담겨 있었다. 마치 호수처럼 보이는 웅덩이에 잎사귀 몇 개가 둥둥 떠 있었다. 거울 같던 웅덩이의 표면 위로 파문이 일며 그 위에 그림자가 드리워졌다. 테이블을 짚은 손과 팔뚝에 녹색 무늬가 있었다.

그림자에 대한 보고를 받은 이후, 이화는 테이블 위에 뜬 사진 한 장을 바라보고 있었다. 오래된 사진 속에는 동그란 안경을 쓴 작달막한 체구의 여자가 어린 시절 이화와 함께 앉아 있었다.

"언니는 아직도…… 지혜도시를 없애겠다는 생각을 가지고 있는 거야?"

그림자는 지혜도시의 고질적인 문제 중 하나였다. 지혜

도시와 산을 부정하는 사람들의 모임을 일컫는 그림자는, 지혜도시 안 어딘가에 숨어 호시탐탐 산을 무너뜨리기 위한 기회를 엿보았다. 그리고 사진 속 여자, 파란은 이 모든 천국을 버리고 그림자의 수장이 된 사람이었다.

이화가 숨을 깊게 내쉬었다.

"난 언니가 버리고 간 것들 절대 내려놓을 생각 없어. 으뜸 정원지기도, 산도, 지혜도시도 전부."

이화는 파란의 선택을 투정이라고 생각했다. 이해할 수 없었다. 그때도, 지금도. 물론 가끔은 궁금했다. 산과 가장 가까웠던 파란이 보았던 산의 미래가. 하지만 어떤 미래가 닥쳐도 변하지 않는 건 자신이 이 도시의 으뜸 정원지기라는 점이었다.

이화가 커다란 창을 바라보았다. 창 바깥으로는 마치 한 폭의 그림처럼 산의 모습이 드러나 있었다. 산이 바뀌는 속도가 점점 빨라지고 있었다. 이제는 다른 정원지기들도 알아차렸을 것이다. 산이 목적을 가진 듯 변하고 있다는 것을.

산과 가장 가까이에 있는 이화도 그 목적이 무엇인지 알 수 없었다. 산은 인간이 아니었고 그렇기에 완벽히 이해할 수 없었다. 산이 무엇을 원하는지, 어떤 걸 버리고 어떤 걸 취하려고 하는지 인간들은 몰랐다. 그래서 더욱 대비해야 했다.

이화가 녹색 무늬가 빼곡하게 새겨진 자신의 손을 내려
다보았다. 산의 축복은 산의 흔적을 직접 몸에 남길 수 있
는 유일한 수단이었다. 그렇기에 산의 축복을 받은 이들은
가장 큰 권력을 가졌다. 정원지기 중에서도 산의 축복을 받
은 사람은 단 두 사람뿐이었다.

이화가 자신의 손을 힐긋 내려다보았다. 손과 팔 구석구
석 빼곡하게 채워져 있는 녹색 무늬들이 보였다. 산의 축복
이었다. 이화를 으뜸 정원지기로 만들어 준 가장 큰 요인이
기도 했다.

이화가 딸 여래의 얼굴을 떠올렸다. 마치 계획된 것처럼
산의 축복은 여래에게도 깃들었다. 산의 축복이 깃든 진녹
색 눈동자와 어디 한 군데 모난 구석 없는 자연스러운 도시
인의 얼굴. 산이 내린 아이니 어쩌면 당연한 결과임에도 이
화는 자라나는 여래를 볼 때마다 묘한 감정을 느꼈다. 일종
의 불쾌함, 두려움 혹은 아직 인간의 언어로 표현할 수 없
는 어떤 것이었다. 그러나 이화는 거기에도 뜻이 있다고 믿
었다. 자신이 이 지혜도시를 지켜 낼 방법에 대한 뜻.

"이제 하나만 더 찾으면 돼. 그럼 이제 이 산을……."

이화의 눈이 어둡게 빛났다. 계획은 계속해서 수정되고

또 수정되었다. 그러나 커다란 목표만큼은 변하지 않았다. 변화하는 산 그리고 지혜도시. 그 안에서 으뜸 정원지기인 자신이 할 수 있는 최대의 한계를 이화는 꿈꿨다.

산도 자신을 이해해 줄 것이라 굳게 믿었다.

"나만이…… 당신의 신실한 종이니까."

✳

빗방울이 내리는 것처럼 리드미컬한 소리가 문을 두드리자 사유가 기다렸다는 듯 자리에서 일어나 문을 열었다.

"들어와."

시원한 미소를 머금고 있는 여래의 모습이 보였다. 공동의 목표가 생긴 후 사유와 여래는 급속도로 가까워졌다. 둘만 아는 비밀을 가지고 있다는 건 기묘한 유대감을 만들었다. 그건 여울에게서도 느껴 보지 못했던 감정이었다.

"어때? 오늘은 뭘 배웠어?"

여래의 물음에 사유가 오늘 배운 것들을 보여 주었다. 바깥에서 온 외지인들은 적으면 세 달, 길면 반년에 걸쳐서 도시인이 되는 법을 배웠다. 물론 이면에는 외지인들이 혹시나 무슨 사고라도 치지 않을까 하는 도시인들의 우려가 있었다.

"도시인들은 산을 정말 좋아하더라고. 뭐, 처음에 숙소를 배정받을 때부터 느꼈던 거긴 하지만."

두 사람은 창문 가득히 보이는 산을 보았다. 여래가 고개를 끄덕였다.

"맞아. 이 도시에선 어디서나 산이 보이지. 길 끝에서, 횡단보도 건너편에서, 건물의 옥상에서, 수많은 창문을 통해서……. 일 년 내내 짙푸른 산이 있어. 도시인의 삶엔 늘 배경처럼 이 산이 들어가 있는 거야. 이 도시를 봐."

그렇게 말한 여래가 손을 들어 올렸다. 그러자 여래의 머리칼 사이에서 쭉 뻗어 나온 황금색 꽃이 손 위로 가상 지도를 펼쳤다. 미니어처 같은 도시가 홀로그램으로 펼쳐졌다. 도시 가운데 자리하고 있는 산이 보였다.

잠깐 생각하던 여래가 말을 이었다.

"그래서 꿈에 산이 나오는 건지도 몰라."

그 말에 사유가 눈을 동그랗게 떴다.

"다른 사람들도 산의 꿈을 꿔?"

"응. 도시인들은 지혜도시에서 평생을 살아왔잖아. 개인 정원은 결국 산과 연결돼 있으니 꿈에도 산이 나올 수 있지."

"여울이도······ 산의 꿈을 꿨다고 했어."

사유의 말에 여래도 놀랐다.

"산을 한 번도 보지 못한 외지인이 산의 꿈을 꿨다는 얘기는 들어 본 적 없어."

그 말에 사유가 멍하니 눈만 깜박였다.

"어쩌면 너희는 정말로 지혜도시로 올 운명이었는지도 모르겠다."

여울은 언젠가 자신이 꿈속의 산으로 오게 될 거라는 걸 알고 있었을까. 사유는 어쩐지 기분이 이상했다.

"자, 우리도 할 일을 해 볼까? 오늘은 내가 맡고 있는 구역의 산의 노래 3장을 알려 줄게. 2장까지는 다 외웠어?"

여래의 말에 사유가 고개를 끄덕였다.

"응, 외우긴 했는데 생각보다 좀 어렵더라고."

"요새는 쓰이지 않는 말들이 있고, 가끔은 의미도 없는 단어들이 나열되어 있어서 그래. 뒤로 갈수록 외우기 쉬워질 거야. 하지만 하나라도 틀리면 안 되는 거 알지?"

귀에 못이 박히게 들은 말이었다. 중앙 정원에 들어가서 산의 노래를 암송할 때, 틀리느니 차라리 아예 외우지 못하는 게 낫다고. 한번 시작하면 끝이 날 때까지 전부 다 통으로 외워야 했다. 한 글자라도 틀리면 거기서 어떤 오류가 생길지 알 수 없었다.

"그 전에, 차라도 마실래?"

여래가 고개를 끄덕였다.

"좋지."

사유가 얼른 주전자에 물을 올렸다.

"그럼 물이 다 끓기 전까지 2장부터 한번 외워 봐."

사유가 자리에 앉았다. 그 앞에 놓인 작은 카페트 위에 여래도 앉았다. 두 사람은 서로를 고요히 마주 보았다. 사유와 여래의 시선이 마주쳤다. 사유는 여래의 진녹색 눈동자 안에서 산을 느꼈다. 그 안으로 들어가다 보면 여래가 가지고 있는 산이 무엇인지 알 수 있을 것 같았다.

"자."

보글보글 물이 끓기 시작하는 소리가 조용히 들렸다. 숨을 가볍게 한 번 들이마시고 사유가 눈을 감았다. 머릿속에 전체적인 지도를 그려야 했다. 어디서부터 어떻게 가야 할지 정확히 잡혀 있어야 그 울창한 산속에서 길을 잃지 않을 수 있었다.

정원지기가 외우는 산의 노래는 산의 전부를 담고 있었다. 노래에 대해 알면 알수록 산에 동화되는 느낌이었다. 하나씩, 머릿속에 자신이 봤던 산의 모습을 그리면서 구축

하는 것. 여기에 어떤 식물이 있었고 언제 꽃을 피우고 저쪽에는 굵은 등걸이 자리하고 있고 바람이 불어오는 골짜기는 어떤 모양새를 하고 있는지, 그 모든 것을 천천히 아우르는 과정이었다. 그걸 되풀이할수록 산을 이해하고 시간의 흐름에 따라 어떻게 변화할지도 예상할 수 있게 되었다.

눈을 감은 사유가 조심스레 노래를 암송하기 시작했다.

"아챠알…… 기릴 할 아시드……."

앞에 앉은 여래가 사유가 내뱉는 말 하나하나를 귀담아들었다. 사유가 앉아 있는 곳을 중심으로 보이지 않는 동심원이 물결을 치기 시작했다. 여래의 머리칼이 살짝 흔들렸다. 아직은 잔물결이지만 언젠가는 아주 커다란 해일이 되어 이 모든 것을 쓸어 버릴 수도 있었다.

"이곳에 세우니 그것은 나의 지표, 나의 믿음, 나의 약속. 다시 한번 말하니……."

사유의 노래를 따라 물이 끓는 소리가 느려졌다. 마치 시간이 천천히 흘러가는 것처럼.

보글보글보글.

보글, 보글, 보글.

보, 글, 보, 글, 보…….

공기 방울이 멈춘 것처럼 보였다. 사유의 입술도 느리게 움직였다.

"길은 하나, 할 다름 속 문."

마지막 문장과 함께 2장의 전문이 끝났다. 사유가 눈을 떴고 동시에 주전자에서 물이 다 끓었다는 소리가 났다.

"실력이 금방 좋아지는데? 역시 내 눈이 틀리지 않았어."

"고마워."

자리에서 일어난 사유가 뜨거운 물을 컵에 부었다. 티백에서 녹색 물이 천천히 우러났다. 그때, 여울의 움직임 센서에서 소리가 났다. 두 사람 모두 고개를 돌렸다. 사유가 놀란 얼굴로 여울에게 뛰어갔다.

"여울아?"

대답은 돌아오지 않았지만 누워 있는 여울의 손끝이 희미하게 움직이고 있었다. 그걸 본 사유의 눈동자가 커졌다.

"여울아, 혹시 내 말 들려?"

하지만 움직임 센서는 다시 조용해졌고 여울의 손가락도 잠잠해졌다.

"여래야, 봤지?"

사유의 말에 여래가 고개를 끄덕였다.

"응, 봤어. 확실히 움직였잖아. 전에도 이런 적 있었어?"

"아니, 처음이야. 사고가 있고 나서 이렇게 움직인 건 처음이라고!"

그렇게 말하는 사유의 얼굴에 화색이 돌았다.

"어쩌면 혼수상태에서 깨어날 수도 있지 않을까?"

사고 후, 한 번도 움직인 적 없던 여울이 드디어 움직였다는 건 분명 좋은 신호였다.

"혹시…… 우리가 산의 노래를 암송한 게 여울에게도 효과가 있었던 거 아닐까?"

여래의 말에 사유가 살짝 놀란 표정을 지었다.

"지금까지 한 번도 그런 적이 없는데 지혜도시에 들어와서 이렇게 움직였다는 건 분명히 이유가 있는 거겠지."

사유가 고개를 끄덕였다.

"여래, 네 말이 맞는 것 같아. 다른 건 변함없으니까 이유가 있다면 그것밖에 없지."

여래가 고개를 끄덕였다.

"네가 정원지기가 된다면, 여울이에게 더 좋은 치료를 해 줄 수 있을 거야."

"고마워, 여래야."

"아냐, 나도 너에게 고마운걸."

사유가 누워 있는 여울의 머리를 쓰다듬었다. 여울이 깨어날 수 있을지도 모른다는 희망이 성큼 앞으로 다가온 기분이었다.

"너에게 빨리 나머지 노래들도 전부 알려 줄 생각이야. 나도 곧 여기를 떠날 때가 올 것 같거든."

사유가 작은 목소리로 물었다.

"그림자들이 너에게 연락한 거야?"

여래가 느릿하게 고개를 끄덕였다.

"그쪽에서 보낸 메시지를 받았어."

여래가 품 안에서 무언가를 꺼냈다. 그건 반짝이는 종이로 작게 접은 비행기였다.

"이게 뭐야?"

"종이비행기. 지혜도시 안의 시스템에 걸리지 않는 특수한 종이로 적당히 작게 만들어 날린 거지."

"그걸로 너에게 메시지를 전달했다고?"

"응, 그들은 누구보다도 지혜도시에 대해서 잘 알고 있어. 그래서 지혜도시의 순환 시스템을 이용해 이 비행기를 나에게 날린 거야. 지혜도시는 공기나 바람이 도시 전체를 타고 돌도록 세워졌거든. 철저하게 계산한다면 순환 시스템이 일으키는 바람을 통해 아주 멀리서도 비행기를 나에게 전달할 수 있어."

여래의 설명에 사유가 눈을 크게 떴다.

"그런 게 가능하다니……."

"이론적으로만 생각했던 걸 그 사람들은 보란 듯이 해냈어. 시스템을 이용하면 당장 정원지기들에게 걸릴 테니 가장 고전적인 방식을 이용한 거야."

"그래서 언제야?"

"일주일 후."

생각보다도 훨씬 더 빨랐다. 사유가 초조한 듯 입술을 깨물었다. 그전까지 자신이 정원지기의 모든 자격을 갖출 수 있을지 알 수 없었다.

여래가 입을 열었다.

"내가 떠나는 날, 사유 넌 산의 축복을 받게 될 거야."

"산의 축복을?"

"그래, 너에게 산의 축복이 깃들면 다른 사람들이 아무리 뭐라 해도 정원지기의 자리에 오를 수 있어. 하지만 직접 중앙 정원에 들어가야 하기 때문에 들킬 위험이 커. 그러니 내가 떠나는 마지막 날에 하도록 하자."

일주일 후면 모든 게 뒤바뀔 예정이었다.

＊

"어딜 다녀왔니?"

여래가 집에 들어서자 익숙한 목소리가 들렸다. 자신을 보고 있는 차가운 눈빛이 느껴졌다. 딸이 아니라 물건을 보는 듯한 그 눈빛에 여래는 아직도 익숙해질 수가 없었다. 어머니인 이화가 하는 모든 말은 여래를 위해서가 아니라 산과 지혜도시를 위해서 하는 이야기였다.

"어머니께서 저를 만나러 오실 줄은 몰랐네요. 정원을 통해 메시지를 남기시지 그러셨어요."

이화가 자리에서 일어나 여래를 쳐다보았다. 여래 역시 흔들림 없는 눈길로 맞받아쳤다.

"외지인 아이를 돕는 일은 재밌니?"

여래가 예의 바른 어조로 답했다.

"네, 제가 정원지기에 올랐을 때 많은 도움이 될 것 같아요."

"너의 모든 건 산이 주셨다는 걸 알고 있지?"

"그럼요."

"아직도 산의 모습이 그렇게 보이니?"

순간 여래의 얼굴이 굳었다.

"네."

"아무에게도 말하지 않았지?"

"어머니께서 말하지 말라고 명하셨잖아요."

"너도 알잖니. 네가 무엇을 보는지 다른 사람들이 알게 된다면 어떤 상황이 일어날지. 그러니 입을 다무는 게 좋다는 거야."

"알겠어요."

대답하는 여래를 마뜩잖은 표정으로 바라보던 이화가 자리에서 일어났다.

"어쩌면 곧 제사가 있을지도 모른다. 준비에 차질이 없도록 해."

그 말만을 남긴 채 이화가 밖으로 나갔다. 이화의 말을 들은 여래의 표정이 굳었다.

"제사가 있을 거라고? 이렇게나 빨리?"

중앙 정원에서 제사가 열리는 이유는 단 하나였다. 산이 새로운 정원지기를 부른다는 것. 그리고 차기 정원지기로 유력한 사람은 여래, 자신밖에 없었다.

'내가 지혜도시를 떠날 거라는 걸 알고 있는 건가?'

여래가 산 쪽으로 나 있는 창문을 열었다. 그러자 언제나 일정한 온도와 습도로 유지되는 지혜도시의 밤공기가 창문 안으로 들어왔다. 바람결에 짙은 나무와 풀의 향기가 묻어 있었다. 산의 향기였다. 어둠 때문에 보이지 않더라도 산이 여기 있다는 걸 똑똑히 알라는 것처럼 짙은 향기였다.

어둠 속에 웅크린 채, 산은 이쪽을 노려보고 있었다.

여래가 중얼거렸다.

"문자의 무덤……."

진녹색 눈동자가 한 번 깜박였다. 자신이 산을 보고 있는 것처럼, 산도 이쪽을 보고 있을 것이다.

"도대체 넌 내가 뭘 보고 뭘 듣길 원하는 거지?"

물어도 대답은 돌아오지 않았다. 여래는 손을 들어 자신의 눈가를 매만졌다. 진녹색 눈동자, 산의 축복이 깃든 눈이었다.

이화의 말에 따르면 여래의 눈은 태어났을 때부터 보이지 않는 상태라고 했다. 이화는 기뻐했다. 산의 축복은 결핍에 깃든다는 사실을 알고 있었기 때문이었다. 본래 치유 기능이 있는 산의 축복은 다치거나, 모자라거나, 잘못된 몸에 더 쉽게 깃들었다. 그리고 산의 축복이 깃들면 결핍을 채워 줄 뿐만 아니라 더한 능력을 얻어 주었다.

이화는 매일같이 여래를 데리고 중앙 정원으로 향했다.

그리고 마침내 산의 축복이 깃들 것이라는 계시가 내려왔을 때, 그때부터 정확히 오 년을 유예기간으로 삼았다. 산의 축복으로 여래가 바로 눈을 뜰 수 있었음에도 일부러 산의 축복을 받지 않았다. 여래 스스로 자신이 가진 결핍이 무엇인지 똑똑히 알고 체득해야 한다는 이화의 뜻이었다.

오 년 뒤, 여래는 보지 못하는 본래의 눈을 산에 제물로 바치고 대신 산의 축복이 깃든 눈을 얻었다. 여래는 그때가 아직도 생생하게 기억났다. 눈을 뜨자, 산이 있었다.

그 초록빛 산을 어떻게 잊을 수 있을까. 처음으로 본 세상, 처음으로 본 빛. 그때까지만 해도 여래 역시 산이 자신의 구원인 줄 알았다. 제 눈을 뜨게 해 준 산. 찬양하고 찬미하고 섬기려 했다. 그래서 몸의 다른 부분에도 산의 축복을 받았다. 물론 산의 축복은 결핍이 있는 부분에만 스며들기에 스스로 몸에 결핍을 만들었다. 잠깐의 아픔이라고 여겼다. 어머니인 이화 역시 여래의 그런 모습을 아주 자랑스러워했다.

그러던 어느 날 여래가 산의 어둠을 보았다. 지혜도시의 모두가 사랑하는 아름다운 산이 여래의 눈에는 아주 높게 쌓아 올린 문자의 무덤으로 보였다. 거대한 뱀처럼 똬리를 튼 긴 문자열이 지혜도시 가운데 당당히 자리 잡고 있었다.

이해할 수 없는 거대한 무언가가 도시 곳곳을 내려다보고 있는 모습에 여래는 두려워졌다. 마치 호흡하는 것처럼 들썩이고 눈을 깜박이는 것처럼 보이는 문자들. 지혜도시 어디서나 문자의 적층이 보였다.

다른 사람들에게는 그저 신성한 산으로 보일 저 산은, 오직 여래에게만 진짜 모습을 보였다. 이유는 알 수 없었다. 거기에 무슨 뜻이 있는 거냐고, 산에게 수없이 기도했지만 돌아오는 대답은 없었다. 보지 말아야 할 것까지 보게 된 여래의 믿음에 조금씩 금이 갔다.

그 뒤로 자신과 같은 걸 보는 사람이 있는지 여래는 찾아 헤맸다. 하지만 그런 사람은 아무도 없었다. 오직 여래만 산의 진짜 모습을 보았기에 그 누구도 여래가 산을 두려워하는 걸 이해하지 못했다. 그동안 지혜도시 안에서 진짜 외지인은 여래였다.

그렇게 이해하지도 못할 산의 모습과 산을 신성시하는 사람들을 보면서 여래는 차라리 앞이 보이지 않았으면 했다. 산에 대해 이야기할 때마다 기묘한 흥분과 기대감에 찬 사람들을 보고 싶지 않았다.

"저게 얼마나 이상하고 무서운지 아무도 모르잖아요."

여래는 어머니에게 자신이 무엇을 보았는지 말하면 도

와줄 거라고 생각했다. 그러나 돌아온 반응은 여래가 생각했던 것과는 전혀 달랐다.

"그 말, 절대 입 밖으로 내지 말거라."

이화는 여래가 왜 산을 무서워하는지, 어째서 그런 걸 보게 되었는지 아무런 관심이 없었다.

"어쩌면 네 능력이, 산을 관리하는 데 유용하게 쓰일지도 모르겠구나. 말 그대로 산의 축복이 너에게 깃든 거야. 그러니 감사해라."

감사라는 말을 듣는 순간, 여래는 한 번도 느끼지 못한 아득한 기분을 맛보았다. 어머니는 평생을 걸쳐도 자신을 절대 이해하지 못할 거라는 감각.

그리고 그날 밤, 중앙 정원에서 여래는 컨테이너를 발견했다. 오랫동안 땅 아래 묻혀 있던 게 분명한 컨테이너였다. 출입문 위편에는 테바연구소라고 쓰인 작은 패널이 하나 덧붙여 있었다.

그 뒤에 쓰인 누군가의 이름은 지워져 있었다. 테바연구소는 지혜도시가 세워지기 전, 이 자리에 있던 글로벌 연구소였다. 하지만 그 외 자세한 사항은 많이 알려지지 않았다. 지혜도시를 만드는 데 테바연구소가 엄청난 지원을 한 것은 사실이었지만 구체적으로 어떤 도움을 주었는지는 아는 사람이 없었다. 테바연구소는 지혜도시가 완성되자 흔적을 남기지 않고 사라져 버렸다. 그래서 대부분의 도시인이 테바연구소라는 명칭 정도만 겨우 알고 있을 뿐이었다.

그 연구소의 유적이 중앙 정원에 남아 있다는 것부터 이상했다. 원래라면 산 안에서 이상한 걸 발견하는 즉시 다른 정원지기에게 알려야 했지만 여래는 그러고 싶지 않았다. 저 안의 뭔가가 여래를 부르고 있었다. 여래는 컨테이너의 문을 열고 안으로 들어섰다.

문 뒤에는 시커먼 어둠이 넘실거리고 있었다. 오래되고 축축한 공기가 여래의 코끝을 찔렀다. 점차 눈이 어둠에 익자, 희미하게 그 안의 광경이 보였다. 안을 확인한 여래는 너무 놀란 나머지 뒤로 툭 넘어지고 말았다. 숨을 훅 들이마신 여래의 속눈썹이 바르르 떨렸다. 뒤로 넘어진 자세 그대로 온몸의 힘이 쭉 빠졌다. 움직일 수도 없었다. 지금 자신이 무엇을 본 건지 정확하게 이해할 수 없었다.

수십 명의 사람이 눈을 감은 채 줄을 맞춰 서 있었다. 포장한 물건처럼 투명하고 얇은 막에 온몸이 싸인 채, 뭔가를 기다리고 있는 것처럼 움직임은 없었다.

한참을 멍하니 사람들을 바라보던 여래는 겨우 일어섰다. 그대로 굳어 버린 유적지나 박물관 같다는 생각이 들었다. 이렇게 많은 사람이 있는데 컨테이너 안에서 움직이는 건 오로지 자신뿐이었다.

가장 가까이 있는 사람에게 다가선 여래가 그 옆에 달린 작은 종이를 발견했다. 거기에 적힌 것은 숫자들이었다. 식별 번호, 키, 몸무게 그리고 키워드로 나열된 성격. 이상하게도 나열된 키워드 옆에 숫자로 퍼센트가 표시되어 있었다. 마치 이 사람의 성격에 이런 것들이 얼마나 포함되었는지 보여 주는 것 같았다. 그리고 마지막으로 적혀 있는 건 제조연월일이었다. 분명 포장지 안에 싸인 사람에 대한 정보를 적은 것 같은데 제조연월일이라니.

여래는 떨리는 손으로 눈 감은 채 서 있는 사람을 만져 보았다. 손끝에 느껴지는 피부와 근육들. 이건 모형이 아니었다. 여래는 멍하니 서 있는 사람들을 지나쳐 가장 안쪽으로 들어섰다. 그리고 순간 발걸음이 멈췄다. 활짝 열린 여래의 동공으로 가장 마지막 줄에 서 있는 다섯 명의 모습이 들어왔다. 눈을 감은 채 서 있는 그들의 얼굴은 어릴 적 여래와 똑같았다. 분명 자신과 똑같이 생긴 다섯 명의 아이들. 눈도 깜빡이지 못한 채 여래가 그것들을 바라보았다. 도대체 이게 무엇을 뜻하는 걸까. 그 다섯 명에게는 종이가 달려 있지 않았다.

문득 여래는 자신을 바라보던 이화의 눈빛이 떠올랐다. 그러다 이화가 이게 뭔지 알고 있을까 궁금해졌다. 꼭 물건을 바라보는 것 같던 이화의 눈빛이 생각나 숨을 쉴 수가 없었다. 여래가 바닥으로 무릎을 꿇고 쓰러졌다. 이게 무슨 상황인지, 어떤 의미인지 알 수가 없었다. 그러나 단 한 가지 확실한 건, 여래가 이걸 알았다는 사실을 이화에게 들켜서는 안 된다는 거였다.

그 후 여래는 컨테이너와 관련한 정보를 모으려고 애썼지만 아무것도 찾을 수 없었다. 마치 누군가 일부러 다 없애 버린 듯했다. 그 무렵부터 여래는 어쩌면 이화가 자신의 생물학적 어머니가 아닐 수도 있겠다고 생각했다. 그렇다면 이 지혜도시에, 거대한 거짓말로 가득 찬 이 세계에 있을 수 없었다. 천국이라 불리는 지혜도시를, 여래는 떠나야만 했다.

정원을 빠져나가는 법

"언니."

귓가를 울리는 목소리에 사유는 그대로 얼어붙었다. 이게 꿈이라는 걸 알면서도 함부로 뒤를 돌아볼 수가 없었다. 혹시라도 사라질까 봐 겁이 났다.

"사유 언니."

다시 들리는 목소리. 그건 분명히 여울의 목소리였다. 사유의 목소리보다 미세하게 조금 더 높은 소리. 사유가 천천히 고개를 돌리자 거울을 보는 것처럼 자신과 똑 닮은 얼굴이 앞에 있었다. 이렇게 시선을 맞춰 보는 게 얼마 만인지 몰랐다. 사유의 시선이 여울의 얼굴에 있는 주근깨 사이를 훑었다. 긴 속눈썹과 둥근 눈까지도. 꿈이라는 걸 알면서도 사유의 눈에 눈물이 고였다.

"이제야 날 찾아오는 거야? 그동안 내가 얼마나 너를 보고 싶어 했는지 알면서."

사유는 여울이 혼수상태에 빠졌을 때 몇 번이나 기도했는지 모른다. 한 번이라도 좋으니 여울이 꿈에 찾아오기를. 그래서 아직 희망이 남아 있다고 말해 주기를.

여울이 손을 뻗어 사유의 뺨을 감쌌다.

"나도 알지. 언니가 날 얼마나 보고 싶어 했는지. 하지만……."

사유가 여울의 눈을 들여다보았다. 둘의 시선이 마주쳤다. 사유가 그제야 웃어 보였다.

"언니가 나에게 얼마나 큰 죄책감을 가지고 있는지 잘 알아. 그래서 더 언니를 볼 수 없었어. 내가 언니를 흔들어 놓을까 봐."

사유와 여울은 서로 눈빛만 봐도 무슨 말을 하려는지 금방 알아챘다. 당연한 일이었다. 두 사람의 세상은 함께 시작해서 늘 같은 궤도를 달리고 있었으니까. 그래서 다른 사람들도 다 이런 줄 알았다. 그러나 어떤 이들은 자신의 세상을 온전히 이해해 줄 타인을 찾아 평생을 허비하기도 한다는 걸 사유는 나중에 알았다.

"네가 없는 세계는 반쪽짜리였어, 여울아."

그 말에 여울이 희미한 미소를 지었다. 한 번도 본 적 없는 미소였다. 여울은 늘 온 얼굴의 근육을 써서 활짝 웃었으니까. 저런 힘없는 미소는 여울과 어울리지 않았다.

뭔가 이상하다는 걸 알아챈 순간, 사유의 얼굴이 굳었다. 사유가 여울의 손을 덥석 잡았다. 사유가 채 묻기도 전에 여울이 먼저 입을 열었다.

"아니야, 언니. 내가 없는 세계가 반쪽짜리가 된 게 아니라, 그동안 우리가 다른 사람의 두 배를 살고 있었던 거야. 나는 나와 언니의 눈을 통해 세계를 봤지. 그건 언니도 마찬가지였고. 그러니 이제는 보통으로 돌아가는 것뿐이야. 언니는 이제 스스로를 가장 잘 이해해야 해. 내가 옆에서 대신 알아 줄 수가 없으니까. 슬퍼도 혼자 슬퍼해야 하고, 외로운 것도 혼자서 이겨 내야 해."

꼭 유언 같은 말이 여울의 입에서 흘러나와 사유의 뺨 위를 스쳤다. 사유가 멍하니 여울을 바라보았다. 여울은 사유의 손을 가볍게 놓았다.

"언니를 믿어. 언젠가 언니도 나를 이해할 날이 올 거야. 결국엔 그렇게 될 거야. 그럼, 그곳에서 다시 만날 수 있어."

"그게 무슨 말이야? 여울아!"

사유가 사라지는 여울을 잡기 위해 손을 뻗으며 외쳤다.

부우우.

나팔 소리에 사유가 눈을 떴다.

"여울아……."

꿈속에서 만난 여울의 모습과 목소리가 아직도 생생했다. 하지만 눈을 뜬 사유의 앞에 있는 건 평소와 다름없는 현실이었다. 사유는 얼른 옆에 있는 침대를 보았다. 거기에는 늘 그러듯 눈을 감은 여울의 모습이 보였다.

부우우우.

나팔 소리가 계속해서 났다. 처음 듣는 소리였다. 더듬거리며 바깥에서 가져온 오래된 시계를 손에 쥐었다. 시간을 확인해 보니 아직 알람이 울리기까지 꽤 시간이 남은 이른 새벽이었다. 오늘은 여래가 지혜도시를 떠나는 날이자 자신이 산의 축복을 받는 날이기도 했다.

"뭐야……."

지혜도시 안에서 계획에 없는 일이 벌어질 리는 없었다. 도시 전체가 산에 의해 관리되니까. 자리에서 일어난 사유의 귀에 익숙한 노크 소리가 들렸다.

"여래야?"

문을 열자마자 여래가 안으로 들어왔다. 평소답지 않게 긴장한 기색이 얼굴에 역력했다.

"무슨 일이야? 저 소리는 대체 뭐고?"

들어온 여래가 입을 열었다.

"이렇게 빨리 시작될 줄은 몰랐는데. 시간이 없어, 사유야. 빨리 중앙 정원에 들어갈 채비를 해야 해."

"뭐? 갑자기 왜?"

숨을 한 번 가다듬은 여래가 사유의 손을 잡았다.

"지금 당장 산의 축복을 받아야 해. 산의 제사가 시작되기 전에."

"제사라니. 그게 대체 뭔데?"

"지금 저 소리 말이야."

부우우우.

다시 한번 길게 나팔 소리가 들렸다.

"지혜도시에서는 한 번씩 모든 정원지기가 중앙 정원에 모이는 제사가 열려. 언제 모이는지는 아무도 몰라. 산이 정하는 거니까. 기억나? 정원지기들은 혹시나 모를 위험에 대비해 전부 한자리에 모이는 일이 없다는 거."

그건 여래가 정원지기에 대해 알려 줬던 내용이었다. 중앙 정원과 산을 관리하는 정원지기는 모두 중요한 직책을 맡고 있어서 한자리에 모두 모일 수가 없었다. 만약 사고라도 터져서 당장 지혜도시를 이끌 정원지기가 없으면 안 되니까. 물론 아직까지 지혜도시 내에서 사고가 일어난 적은 없었다.

"하지만 유일하게 산의 제사가 열리는 날은 중앙 정원의 모든 정원지기가 한곳에 모여. 산의 부름이니까. 그리고 그 날이 다음 정원지기가 결정되는 때야."

"다음 정원지기라면……."

그럴 만한 사람은 단 한 사람뿐이었다. 여래가 고개를 끄덕였다.

"맞아, 다음 정원지기에 오를 사람은 나뿐이지."

"오늘이 그날이라는 거야?"

"그래. 저 나팔 소리는 산이 내는 소리야."

그 말에 사유가 창문을 보았다.

"온 지혜도시가 지금 똑같은 소리를 듣고 있어. 어디에 있어도 저 소리가 들려. 그럼 각기 흩어져 있던 정원지기들이 중앙 정원에 모이고 제사를 시작해. 그러니 내가 정원지기로 선택되기 전에 너에게 산의 축복을 주고 난 이 도시를 떠날 거야."

그제야 모든 상황이 이해된 사유가 고개를 끄덕였다.

"알겠어, 준비할게. 오 분이면 돼."

사유가 얼른 옷을 갈아입었다. 여래는 이미 모든 준비를 마친 상태였다.

그동안 사유와 함께 중앙 정원 안을 몇 번 드나들면서 여래는 사유의 몸에 산의 기운이 맴도는 것을 확인했다. 게다가 산의 목소리까지 듣는데 사유가 산의 축복을 받지 못할 리가 없었다.

"준비됐어."

사유의 말에 여래가 자리에서 일어났다.

"좋아. 그럼 바로 중앙 정원으로 들어가자."

사유가 나가기 전 침대에 누워 있는 여울 쪽을 바라보았다. 그리고 여울을 향해 속삭였다.

"여울아, 다녀올게."

중앙 정원에서 다시 돌아오면, 그때는 지금과 많은 것이 달라져 있을 것이다. 오늘 꾼 꿈과는 전혀 다른 미래를 여울에게 가져다줄 생각이었다.

"조금만 더 기다려. 내가 너를 이 깊은 잠에서 깨워 줄게."

마지막으로 사유가 여울의 손을 꽉 잡았다 놓았다. 그러고는 여래의 뒤를 따라 얼른 집을 빠져나갔다.

*

아직 해가 뜨지 않은 시간, 산은 그 어느 때보다 어두웠다. 차갑고 서늘한 공기가 사유와 여래의 온몸을 쓸었다. 두 사람은 아무 말도 하지 않은 채 산을 바라보았다.

아까보다 훨씬 더 가까이서 들리는 나팔 소리가 둘의 마음을 더욱 다급하게 만들었다.

"산의 축복을 받는 장소가 따로 있어?"

사유의 물음에 여래가 고개를 저었다.

"그런 건 없어. 네가 원하는 장소로 고르면 돼."

그 말에 사유가 고개를 들어 사방을 둘러보았다. 그런 사유를 보며 여래는 자신이 산의 축복을 받았던 때를 떠올렸다.

여래가 입술을 살짝 깨물었다. 솔직히 말하면, 사유에게 아무런 감정이 들지 않는 건 아니었다. 자신이 이렇게 두고 도망치는 정원지기의 자리를 사유에게 메꿔 달라고 말하는 것 같았기 때문이다. 마치 자신이 하고 싶지 않은 것을 사유에게 권하는 것 같아 죄책감마저 들었다.

여래가 고개를 내저었다.

'하지만 그때의 나와 지금의 사유는 전혀 달라. 나는 사

유가 지혜도시 안에서 더 잘 적응하고 여울이의 치료를 더 잘 받기 위해 도와주는 거야.'

그때 멀지 않은 곳에서 사유가 여래를 불렀다.

"여기는 어때?"

여래는 나머지 생각들을 미뤄 둔 채 사유에게 다가갔다. 그곳은 아래로 들판이 훤히 보이는 자리였다.

"좋아."

여래가 필요한 것들을 꺼냈다. 그건 자신이 축복을 받았을 때 썼던 것들이기도 했다. 이화는 여래에게 산의 축복을 가져다준 도구들을 자랑스러워하라고 말했다. 하지만 여래는 그 도구들을 다시 보는 것조차 싫어했다. 그걸 보고 있으면 산의 축복을 받기 위해 억지로 몸에 상처를 남기던 그날이 떠올랐기 때문이다.

"다른 사람이 산의 축복을 받을 수 있도록 도와주는 날이 올 거라곤 생각 못 했는데."

등걸에 걸터앉은 사유가 여래를 바라보았다. 여래가 마지막으로 물었다.

"정말 준비됐어?"

사유는 담담한 얼굴로 고개를 끄덕였다. 여래가 다시 한번 짧게 설명했다.

"넌 그냥 내가 알려준 주문을 반복해서 외우기만 하면 돼. 끊기지 않게."

"응."

사유가 걸치고 있던 윗옷을 벗고 등이 보이도록 돌아앉았다. 여래가 사유의 흰 등에 손을 올렸다. 느껴지는 차가운 촉감에 사유가 흠칫 몸을 떨었다.

"시작한다."

사유가 손으로 수결을 만들고 여래가 알려 준 문장을 외우기 시작했다. 사유의 눈앞에 새까맣게 보일 정도로 짙푸른 산이 펼쳐져 있었다.

사실 사유도 산을 제 몸에 받아들인다는 것이 무섭지 않은 건 아니었다. 하지만 어쩔 수 없었다. 여래도 했으니 자신도 견딜 수 있을 거라고 생각했다. 모든 것은 여울과 자신을 위한 일이었다. 그렇게 생각하면 못 할 것도 없었다.

입술만 달싹이며 주문을 외우던 사유가 살짝 감은 눈을 찌푸렸다. 생생한 감각이 찌릿하게 온몸에 퍼졌다. 날카로운 무언가가 피부를 베는 고통이었다. 사유는 문득 자신이 지혜도시에서 가장 믿는 사람이 이런 일을 해 줘서 다행이라는 생각이 들었다.

여래가 떨리는 사유의 어깨를 감싸며 나이프를 쥔 손에

힘을 주었다. 숨을 한 번 들이마시고 나이프를 움직였다. 사유의 하얀 등 위로 붉은 선이 생겼다. 여래의 손이 한 번 움직일 때마다 사유의 어깨가 떨렸다.

집중한 여래의 이마에 땀이 솟아났다. 곧 있으면 정원지기들이 중앙 정원 안으로 들어올 터였다. 그 전에 마무리를 지어야 했다. 산의 축복을 받기만 한다면 이렇게 중앙 정원 안에 들어와 있는 게 발각되더라도 다른 정원지기들이 어쩌지 못한다.

그때 날카로운 소리와 함께 핏방울이 아래로 떨어졌다. 새파란 이끼가 가득 낀 바닥에 사유의 핏방울이 닿았다. 그리고 동시에 사라졌다. 마치 이끼가 피를 먹어 치우는 것처럼. 동시에 산이 아주 미약하게 한 번 흔들렸다. 사유의 피에 반응하는 것 같았다. 느낌이 좋았다. 여래가 산의 축복을 받을 때와 비슷한 느낌이었다.

뚝뚝 떨어지는 핏방울을 게걸스럽게 들이마신 산의 시선이 사유 쪽을 향하는 게 느껴졌다. 그 시선은 온몸의 감각으로 느낄 수 있었다. 나무가 몸을 기울이고 덩굴들이 손을 뻗고 꽃들이 향을 뿜어 대고 산바람이 불었다.

여래가 조용히 속삭였다.

"곧 산이 너에게 엉겨 붙을 거야. 놀라지마."

계속해서 문장을 외우던 사유가 고개를 끄덕였다.

나무와 풀 사이를 미끄러지듯 덩굴손 하나가 사유에게 기어 왔다. 잎사귀 몇 개가 달린 덩굴의 끝부분이 앉아 있는 사유의 다리와 팔을 타고 기어올랐다. 그걸 본 여래가 속으로 외쳤다.

'됐다.'

이제 저 덩굴이 사유의 상처에 녹색 자국을 남겨 주기만 하면 됐다. 사유가 있는 쪽으로 몰려들어 오는 덩굴손의 숫자가 더 늘어났다. 사방에서 뻗친 덩굴들이 사유의 팔, 다리, 머리카락을 감싸기 시작했다.

"아!"

덩굴들의 움직임에 여래가 뒤로 밀쳐지며 넘어졌다. 넘어진 여래는 덩굴들의 움직임에 더 바깥으로 밀려났다.

"사유……."

여래는 차마 뒷말을 잇지 못하고 숨을 크게 들이켰다.

엄청난 양의 덩굴들이 사유를 향해 달려들었다. 저만한 산의 기운을 감당해 낼 수 있는 사람은 없었다. 저대로 두다가는 산이 가진 에너지에 휩쓸려 사유의 몸이 어떻게 될지 알 수 없었다.

"안 돼!"

여래가 손을 뻗었지만 사유에게 파도처럼 휩쓸려 가는 덩굴들을 멈출 수 없었다. 사유의 몸이 일순 덩굴에 가라앉았다.

"사유야!"

여래가 크게 소리쳤지만 사유의 모습은 어디서도 보이지 않았다. 산만 더욱 거세게 움직일 뿐이었다. 그제야 여래는 뭔가 이상하다는 생각이 들었다.

여래는 자리에서 일어나 사유가 있던 자리로 달려가려고 했다. 하지만 산의 움직임 때문에 한 발을 떼는 것도 쉽지 않았다. 또다시 넘어진 여래가 바닥을 굴렀다.

그때 어디선가 무언가 빨려 들어가는 기묘한 소리가 들려왔다.

"뭐, 뭐야……."

커다랗게 뜬 여래의 두 눈에 믿기 힘든 광경이 담겼다. 파도처럼 넘실거리던 짙푸른 덩굴이 순식간에 모조리 없어졌다. 그 덩굴을 빨아 들인 건 다름 아닌 사유였다.

"사유야?"

등을 돌린 채 서 있는 사유의 하얀 팔과 등과 어깨에 난 상처 속으로 마지막 덩굴의 끄트머리가 획, 사라지고 말았다. 눈 하나 깜빡이지 못한 채 여래가 바르르 입술을 떨었다. 저렇게 거대한 산의 축복을 사유가 전부 삼켜 버렸다. 상처 나 있던 등과 어깨는 언제 그랬냐는 듯 이미 깨끗하게 아물어 있었다.

고개를 푹 숙이고 있던 사유가 턱을 하늘로 홱 치켜들었다. 눈을 뜬 사유가 그대로 자리에 쓰러졌다.

"윽……."

사유의 입에서 신음이 저절로 흘러나왔다. 산에 처음 들어왔을 때 사유의 온몸을 짓누르던 에너지가 이제는 몸 안에서 날뛰는 게 느껴졌다. 가쁜 숨을 몰아쉬며 사유가 저도 모르게 바닥에 있는 풀을 움켜잡았다.

그때, 기묘한 장면이 눈에 들어왔다. 몸을 휘감은 에너지와 싸우면서도 사유는 자신의 손을 살폈다.

"이게 뭐지?"

뜯긴 잎사귀의 단면에서, 문자들이 풀린 뜨개실처럼 흘러나오고 있었다. 읽을 수 없는 언어였지만 사유는 그게 문자라는 걸 한눈에 알아보았다. 읽을 수 없는 문자들이 뜯긴 잎사귀에서 바닥으로 뚝뚝 흘러넘쳤다. 바닥에 깔린 두툼한 이끼들은 풀에서 흘러나온 문자들을 게걸스럽게 빨아마셨다. 눈앞에 펼쳐진 광경을 사유는 이해할 수가 없었다. 사유가 멍하니 자신의 손가락 사이를 타고 흐르는 문자를 보았다.

나의 모습은 어디서나 보일진대 이것은 지혜가 나에게서 나고…… 사람이 나에게서 나고…….

꽃에서 흘러나온 이야기가 사유의 귓가에 그리고 꽃을 움켜잡고 있는 사유의 손등에 스며들었다. 놀란 사유가 들고 있던 꽃을 던지자 바닥에 깔려 있던 이끼와 작은 풀들이 꽃에서 나온 문자들을 먹어 치웠다.

사유의 손이 벌벌 떨렸다. 다른 손으로 꽃을 만졌던 손을 얼른 털어 냈다. 꽃에서 나온 문자들 몇 개가 부서져 아래로 떨어졌다.

"뭐야, 대체……."

사유가 고개를 들어 사방을 빽빽이 메운 나무와 풀들을 보았다.

순간 온몸에 소름이 돋았다. 흔들리는 나뭇잎도, 피어 있는 꽃도, 서 있는 저 나무들도, 지혜도시 안의 사람들이 산이라고 부르는 이 모든 게 진짜 산이 아니었다. 이걸 뭐라고 불러야 할지도 알 수 없었다.

"사유야!"

뒤쪽에서 자신을 부르는 여래의 목소리가 들렸다. 여래가 달려오고 있었다.

사유가 여래를 향해 외쳤다.

"이게 도대체 다 뭐야?"

괜찮으냐고 물어보려던 여래의 말문이 막혔다. 사유의 눈빛. 그건 여래도 아는 눈빛이었다.

사유가 다가온 여래의 어깨를 세게 붙잡았다.

"왜 이 산들이 이상한 문자들도 뒤엉켜 있는 거냐고! 여래, 넌 알고 있었지?"

"너…… 그거까지 보게 된 거야?"

여래의 말에 사유가 소리쳤다.

"저게 도대체 뭔데!"

여래는 바로 대답하지 못했다. 지금까지 산의 진짜 모습을 본 사람은 아무도 없었다. 여래는 지금까지 자신과 같은 것을 보는 사람이 단 한 명이라도 더 있기를 바라고 또 바라 왔다. 자신의 두려움을 온전히 이해해 줄 사람이 제발 언젠가는 나타나기를 바랐다.

'지금까지 이루어지지 않던 소원이었는데.'

그런데 이렇게 단번에, 산의 진짜 모습을 볼 수 있는 사람이 자신 앞에 나타났다. 여래는 지금 이 상황이 믿기지 않았다.

"말해! 이거, 그냥 산이 아닌 거지?"

사유의 물음에 여래가 겨우 고개를 끄덕였다.

"맞아, 이건 그냥 산이 아니야. 하지만 이게 뭔지는 나도 몰라. 지금까지 아무에게도 말하지 못했어. 아니, 말할 수 없었어. 내 눈에만 이 산이 다르게 보였으니까."

여래가 사유에게 되물었다.

"너 정말로 보이는 거야, 이 산이?"

사유가 고개를 들어 멍하니 산을 훑어보았다. 자신의 눈에 들어오는 산은 두 개의 세계가 겹친 모양새였다. 울창한 숲과 그 숲을 이루고 있는 읽을 수 없는 문자들.

"보여. 읽을 수는 없지만……."

"잠깐만."

여래가 사유의 팔을 잡고 말도 안 된다는 눈으로 팔과 어깨를 훑었다.

사유가 물었다.

"무슨 일이야?"

여래가 고개를 들자 두 사람의 시선이 마주쳤다. 여래가 사유의 어깨와 등을 가리켰다.

"그렇게나 많은 산의 기운이 너에게 깃들었는데……."

사유가 흘깃 고개를 젖혀 자신의 어깻죽지를 보았다. 아무것도 없었다. 산의 축복도, 상처도 없는 새하얀 피부만 보였다.

"이게 왜……."

사유 역시 놀란 목소리였다. 하지만 여래라고 해서 그 물음에 답을 해 줄 수 있는 건 아니었다. 여래가 손으로 사유의 등을 쓸었다. 하지만 그런다고 해서 아무것도 없는 몸에 산의 축복이 드러날 리 없었다.

"분명 내가 봤어. 너에게 덩굴들이 흡수되는 걸 봤다고."

"나, 나도 느꼈어. 분명히 산의 기운이……."

사유가 말을 멈췄다. 더 이상 자신의 몸에서 산의 기운이 느껴지지 않았다. 마치 전부 다 빠져 버린 것처럼.

"느껴지지 않아, 이제."

여래가 되물었다.

"뭐라고?"

사유가 제 손을 내려다보았다.

"나에게 산의 축복이 빠져나간 것 같아. 이럴 수 있는 거야?"

사유의 물음에 여래가 고개를 내저었다.

"이런 일은 처음이야. 도대체 너에게 깃든 산의 축복이 어디로……."

여래가 말을 마치기도 전에 시끄러운 경보음이 울렸다.

"도시 피해 경보입니다. 도시 피해 경보입니다."

사유와 여래가 고개를 들었다.

"도시 거주민 모두에게 알려드립니다. 이것은 실제 상황입니다. 야외에 계신 분들은 모두 건물 내로 대피하시기 바랍니다. 다시 한번 알려드립니다……."

커다란 소리가 도시 곳곳으로 울려 퍼졌다. 혈관을 따라 피가 돌 듯.

*

사유와 여래가 중앙 정원으로 가기 전, 이화 역시 갑작스러운 나팔 소리에 침대에서 일어났다. 하지만 이미 산의 부름이 있을 거라 예상한 이화로서는 그리 놀라운 일은 아니었다.

"정원지기들에게 모두 중앙 정원으로 오라고 해."

"네, 알겠습니다."

이화의 말에 개인 정원이 언제나 그렇듯 쾌활한 어조로 대답했다. 다른 정원지기들도 이미 다 알고 있겠지만 그래도 메시지를 남겨 놓는 편이 확실했다. 옷장 문을 열자 정원이 준비한 제사용 의복이 보였다. 짙은 녹색 편물로 만든 옷을 바라보던 이화가 얼른 팔을 꿰어 넣었다.

드디어 산이 여래를 정원지기로 낙점하는 순간이 코앞으로 다가왔다. 이번 제사로 정원지기의 구성이 바뀌고 나면 이제 산을 모시는 중앙 정원에서 자신을 가로막을 사람은 없었다.

옷을 갈아입는 사이, 정원이 이화의 머리를 완벽하게 손질해 주었다. 조금도 손색없는 완벽한 모습이었다. 거울 속에 비친 모습을 확인한 이화가 문밖으로 걸음을 옮겼다.

소회의실에는 몇몇 정원지기들이 벌써 와 있었다.

"으뜸 정원지기님."

"다들 오셨습니까."

이화가 모인 이들을 한 번 훑어보았다. 또 한 번 밖에서 산의 소리가 들렸다. 정원지기들은 아직 해도 뜨지 않아 어둠에 잠겨 있는 산을 바라보았다.

"오래간만에 듣는 소리로군요. 이 소리를 들으면 산이 살아 있다는 느낌이 들어 좋습니다."

남서쪽 정원지기의 말에 옆에 서 있던 다른 정원지기들이 고개를 끄덕였다.

"맞습니다. 산은 언제나 그 자리에서 저희를 지켜 주실 테니까요."

들려오는 말에 이화가 속으로 비웃음을 터뜨렸다. 저들은 산에 대해 아무것도 몰랐다. 그저 앞으로도 지금과 똑같이 이런 생활이 지속될 거라고 속 편하게 생각하고 있었다.

이화가 관자놀이를 지그시 눌렀다. 산의 변화가 빨라진 건 비단 어제오늘만의 일이 아니었다. 가장 어린 나이에 정원지기가 되고 으뜸 정원지기의 자리까지 오른 이화는 산에 대한 일이라면 뭐든지 가장 먼저 알아챘다. 하지만 이화는 그것을 다른 정원지기들에게 알리지 않았다. 정원지기는 각자 맡은 구역만 관리했기에 가능한 일이었다. 오로지 으뜸 정원지기인 이화만이 모든 산의 변화를 전부 꿰뚫어 볼 수 있었으니까.

이화는 산이 준비하는 게 대체 무엇인지 묻고 싶었다. 그러나 산은 늘 그 자리에 묵묵히 있을 뿐이었다. 이화도 나름의 계획을 세워야 했다. 산이 자신에게 대답해 주지 않는다면 산의 뜻을 읽고 산을 담아낼 수 있는 새로운 그릇을 만들면 그만이었다. 이 계획은 여래가 산의 진짜 모습을 볼 수 있다는 걸 아는 순간부터 시작되었다. 오랜 시간을 들여 천천히. 이제 오늘로 여래가 정원지기의 자리에 오른다면, 여래와 자신을 따르는 다른 정원지기들을 이용해 지혜도시를 마음대로 지배할 수 있었다.

'그다음에 산의 일부를 몸에 담을 수 있는 사람을 찾기만 하면 돼. 그렇다면 이제 내 손으로 지혜도시의 새로운 세대를 맞이할 수 있다.'

"이화님, 들어가시지요."

소회의실에 준비된 문은 중앙 정원과 바로 이어져 있었다. 이화가 문을 열려던 그때였다.

"도시 피해 경보입니다. 도시 피해 경보입니다."

날카로운 목소리가 울려 퍼졌다. 안에 있던 모두가 고개를 들어 올렸다.

"도시 거주민 모두에게 알려드립니다. 이것은 실제 상황입니다. 야외에 계신 분들은 모두 건물 내로 대피하시기 바랍니다. 다시 한번 알려 드립니다……."

경보는 지혜도시 안에서 사고가 일어났을 때, 중앙 정원이 정원로를 통해 들어온 정보가 지혜도시에 큰 영향을 끼칠 것이라 판단할 때만 나오는 방송이었다. 지혜도시가 세워진 이후 단 한 번도 들을 수 없었던 방송이기도 했다.

"저, 저게 무슨 소립니까!"

정원지기들조차 당황스러운 기색이 역력했다. 지혜도시의 가장 중요한 직책을 맡고 있는 그들도 처음 듣는 소리였다.

"정원, 정원! 대답해!"

몇몇 사람들이 저게 도대체 무슨 일인지 알아보기 위해 개인 정원을 호출했지만 돌아오는 반응은 없었다.

"이게 도대체 무슨 일이야!"

그렇게 말하는 사람들의 목소리에 공포라고 불러도 좋을 만한 감정이 깃들어 있었다. 이들에게 개인 정원은 도구가 아니라 자신의 일상이나 다름없는 거였다. 정원이 먹통이 된다는 건 손이 갑자기 사라진다거나 귀가 들리지 않는다거나 하는 것과 같았다.

"이럴 수가 있는 건가? 정원, 대답해 봐!"

모두 겁에 질린 얼굴이 되었다.

"으뜸 정원지기님!"

"이화님!"

사람들이 모두 이화를 쳐다보았다. 이화가 얼른 자신의 정원을 불렀다.

"정원, 대답해."

"정원로 전체 다운. 외부 공격을 막기 위해 최소한의 도시인만 개인 정원과 정원로에 접근 가능합니다."

으뜸 정원지기의 자격을 가지고 있는 이화는 지혜도시 안에서 어떤 정보든 접속할 수 있었다. 분명 이화의 계정

정도는 접속이 가능할 터였다. 이화의 손목에 자라난 녹색 잎들이 흔들렸다.

"식별자, 으뜸 정원지기. 정원에 접속합니다."

"지금 이게 어디서 벌어진 사건 때문에 나오는 메시지인 거지?"

이화의 물음에 정원의 화면이 버벅거렸다. 흘러나오는 목소리도 평소와는 다르게 계속해서 끊겼다.

"현재…… 지혜도시 아웃라인 U-13 지점에서 확인되지 않은 움직임이 포착되고 있습……."

정원의 목소리가 잠깐 끊겼을 때 누군가 말했다.

"확인되지 않은 움직임이라니, 그럴 수가 있습니까? 지혜도시 안의 모든 운송 수단은 정원로와 연결된 자율 주행 프로그램을 가지고 있는데 어떻게 정원이 확인할 수 없다는 거죠?"

이화가 설마, 하는 목소리로 중얼거렸다.

"자율 주행 프로그램을 사용하지 않는 자들……."

"예? 그게 무슨 말입니까?"

"그림자들 말입니다."

이화의 말에 안에 있던 모든 사람의 동작이 멈췄다. 그 단어는 적어도 이 안에서는 내뱉으면 안 되는 말이었다.

"하지만 지금까지 그들은 한 번도 자신들의 모습을 직접적으로 드러낸 적이 없잖아요."

"해당 지역 라이브 영상을 보내드립니다."

동시에 이화의 정원을 통해 영상 하나가 켜졌다. 회의실 중앙 공간 하나를 꽉 채우는 영상이었다. 아웃라인 U-13의 공간이 패닉에 빠진 정원지기들로 가득한 회의실 안에 펼쳐졌다.

어두운 새벽, 양옆으로 탁 트인 창공과 도로를 타고 빠르게 내려오는 자동차 한 대가 보였다. 아주 조용하고 쏜살같아서 꼭 과녁을 향해 정확히 날아오는 화살 같았다.

이화는 브레이크가 없는 것처럼 내달리는 자동차 운전석에 앉아 있는 사람을 알아볼 수 있었다. 핸들을 잡고 있는 그의 시선은 기묘하리만큼 정확하게 이쪽을 향했다. 마치 이쪽을 쳐다보는 이화의 시선을 알고 있는 것처럼.

"돌아왔네, 파란 언니."

그 이름이 이화의 입술에서 흘러나왔다. 송곳 같은 그 시선을 마주한 순간, 이화는 어린 시절로 돌아간 기분이 들었다. 이화가 저도 모르게 주먹을 쥐었다.

"정말 돌아온 거야?"

이화의 말이 영상 너머의 사람에게 들릴 리는 없었다.

정원로가 망가진 지금 이화가 할 수 있는 건 없었다. 할 수 있는 거라고는 자신의 개인 정원을 통해 들어오는 영상을 지켜보는 것뿐이었다.

"저, 저기!"

옆에 서 있던 다른 정원지기가 소리 질렀다. 자동차가 달려가는 지점, 하늘에서 땅을 향해 뻗어 있는 길고 긴 고속도로의 끝부분에 누군가 서 있는 게 보였다. 검은 머리카락에 뺨에는 주근깨가 있는 여자애였다. 그 여자애는 파란이 몰고 달려오는 자동차를 가만히 바라보고 있었다.

"대체 누가 서 있는 겁니까?"

그 모습이 이화의 정원을 통해 정원지기들 앞에 생생하게 펼쳐졌다. 검은 눈동자에는 두려움이 섞여 있었지만 그렇다고 흔들리지는 않았다. 자신이 여기서 무엇을 해야 하는지 아는 사람의 얼굴이었다.

이화가 멍하니 영상을 바라보았다.

"도대체 왜……."

하지만 곧 이화는 파란이 지금 지혜도시 안에서 무슨 짓을 벌이려는 건지 깨달았다.

"안 돼."

이화가 다른 정원지기들에게 소리쳤다.

"당장 저 지점으로 파수꾼들을 보내세요. 지금이라도. 그리고 현장에 있는 여자애, 저 애의 신변은 우리가 확보해야 합니다!"

그 말에 다른 정원지기들이 부리나케 움직이기 시작했다. 그 순간, 영상이 끊겼다. 소회의실 안에 차가운 정적이 찾아왔다. 다들 멍하니 사방을 쳐다보았다.

"해당 지점 영상 송출 불가합니다."

이화의 정원에서 그 말이 나온 것과 동시에 누군가 창문을 손으로 가리켰다.

"저기!"

이제 막 해가 뜨기 시작한 새벽하늘에 검붉은 연기가 뭉게뭉게 치솟았다. 분명 U-13 지점이 있는 방향이었다.

＊

피해 경보를 듣는 순간, 사유는 어떻게 해야 할지 몰라 여래에게 물었다.

"도시 피해 경보라니, 그게 무슨 말이야? 지혜도시에 피해가 생겼다고? 하지만 분명 지혜도시는 세상에서 가장 안전한 곳이라고……."

어쩔 줄 모르는 건 여래 역시 마찬가지인 듯했다.

"사고가 일어났다는 건 이 도시를 관리하는 산의 정원로가 제대로 기능하지 않았다는 이야긴데……. 그게 가능한가?"

믿지 못하겠다는 듯 여래가 중얼거리자 옆에서 사유가 외쳤다.

"내 개인 정원이 대답하지 않아."

그 말에 여래도 얼른 자신의 정원을 확인했다. 아무 반응이 없었다. 사라진 산의 축복, 갑자기 떨어진 도시 피해 경보도 모자라 이제는 개인 정원도 먹통이었다.

"혹시 그림자들이 지혜도시 안으로 들어오려다 전투가 벌어진 걸까?"

그림자들은 오늘 정해진 시간까지 여래를 지혜도시 안에서 빼내기 위해 중앙 정원으로 오겠다는 메시지를 남겼다. 여래가 시간을 확인하기 위해 정원을 불렀다가 아, 하는 소리와 함께 입술을 깨물었다.

여래는 해가 뜨기 시작한 하늘을 바라보았다. 정확한 시간은 알 수 없어도 곧 있으면 그림자들이 메시지에 적은 때가 다가오는 건 분명했다. 여래는 일단 이곳에서 기다려야 했다. 이번 기회를 놓치면 영영 지혜도시를 빠져나갈 수 없을지도 몰랐다. 여래가 깊게 숨을 내뱉으며 최대한 침착을 유지하려 애썼다. 하지만 겨우 찾은 침착은 휘청거리며 바닥에 주저앉은 사유 때문에 오래 지속될 수 없었다.

"사유야!"

사유를 향해 여래가 손을 뻗었다.

"왜 그래, 괜찮아?"

여래가 물었지만 사유의 귀에는 그 목소리가 들리지 않았다. 이유 모를 소름이 사유의 온몸을 타고 내달렸다. 동시에 시야가 어지럽게 겹쳤다.

짧은 신음을 내며 사유가 고개를 떨궜다.

"윽."

익숙한 느낌이었다. 또한 지금 들어서는 안 되는 느낌이기도 했다.

"왜……."

주저앉은 사유가 떨리는 목소리로 말했다. 그러나 눈을 깜박일 때마다 이미 두 개의 세계가 겹쳐 보였다. 한쪽은 기묘한 문자들로 가득 채워진 산의 세계였고 다른 한쪽은 지금 사유가 있는 공간이 아니었다.

"도로, 하늘, 아무것도 없어."

사유의 말에 여래가 물었다.

"갑자기 무슨 말이야, 사유야?"

"여울이가 일어났어."

"뭐?"

말도 안 되는 상황이었다. 여울이는 몇 년 동안 혼수상태였다.

"여울이가 일어났다고?"

"느낄 수 있어. 여울이가 방금 깨어났어. 그런데 집이 아니야. 처음 보는……."

두 눈을 치뜬 사유가 고개를 저었다. 여래가 다급하게 물었다.

"지금 여울이가 보는 걸 그대로 보고 있는 거야?"

"응, 여울이가 혼수상태에 빠지기 전에도 종종 이런 일이 있었어. 나랑 여울이는 쌍둥이니까. 왜인지 몰라도 이렇게 시야를 공유하는 일이 어쩌다 한 번씩……."

사유의 목소리는 마치 꿈을 꾸고 있는 것 같았다.

"여울이가 어떻게 일어나게 된……. 아니, 그 전에 지금 여울이 어디 있어?"

"그게……."

사유가 고개를 들자 동시에 여울도 고개를 드는 게 느껴졌다.

문자로 만들어진 잎사귀들이 가득한 숲의 하늘과 함께 탁 트인 새벽하늘이 겹쳐 보였다. 사유가 시선을 틀자 여울이 보는 하늘에 익숙한 별자리가 들어왔다. 그건 어렸을 적, 과학실에 하나밖에 없던 별자리 영사기로 여울과 함께 눈이 빠져라 보았던 별자리였다. 여덟 개의 별로 이루어진 별자리는 어느 방향에 떠 있는지 알면 그것을 관측하는 사람의 위치를 알 수 있을 만큼 여울과 사유에게 익숙했다.

사유가 머릿속으로 여울의 위치를 계산했다. 하지만 채 계산을 마치기도 전에 갑자기 귀청을 때린 커다란 소리에 사유가 제 귀를 막았다.

"악!"

이쪽에서 난 소리는 아니었다. 옆에 있는 여래는 대체 무슨 일인지 모르겠다는 얼굴이었으니까. 그렇다면 지금 사유가 들은 커다란 소리는 여울이 있는 쪽에서 난 소리라는 뜻이었다.

사유가 덜덜 떨면서도 다시 눈을 떴다. 지금 이 상황이 심상치 않다는 건 알 수 있었다. 그리고 여울이 자신에게 뭔가를 전달하려 한다는 것도. 갑자기 여울이 어떻게 깨어나게 된 건지는 나중에 생각할 일이었다. 지금 당장은 여울이 어디에 있는지, 그리고 이 상황은 무엇인지 파악하는 게 중요했다.

'여울아, 너 지금 어디에 있는 거야……'

예감이 좋지 않았다. 하지만 그런 감정에 대해 깊게 생각할 시간도 없었다. 사유가 여울의 시선으로 보는 광경을 여래에게 재빨리 설명했다.

"도로야. 아주 넓고 길어. 그리고…… 하늘을 향해 뻗어 있어. 여울이는 그 도로 한복판에 서 있고. 하늘을 향해 뻗은 도로를 가만히 바라보고 있어. 양옆으로는 아무것도 보이지 않아."

옆에서 여래가 재빨리 기억을 더듬었다. 지혜도시 안에 저렇게 하늘을 향해 뻗어 있는 도로가 있는 곳은 그리 많지 않았다.

"다른 건 안 보여? 표지판이라든지, 아니면……"

"보여. 잠깐, 좀 더 자세히 볼게. U…… 뒤로 숫자가 있는데 13인 것 같아."

사유의 말에 여래가 잠깐 기억을 더듬더니 외쳤다.

"외곽 도로 U-13. 맞아, 그런 도로가 있어. 스카이라인으로 향하는 도로라 하늘을 향해 뻗어 있거든. 아마 거기인 것 같아. 그런데 여울이가 왜 그런 도로에 있는 거지?"

사유가 손을 뻗었다. 그러나 다른 공간에 있는 여울에게는 닿을 수 없는 손짓이었다.

"잠깐, 저게 뭐지?"

사유의 눈에 여울의 시야가 비쳤다. 하늘 높게 뻗은 도로에 커다란 자동차 한 대가 모습을 드러냈다. 사유는 그게 뭘 뜻하는 건지 알 수 없었다. 여울은 입술을 앙다물었다. 입술의 떨림이 사유에게도 고스란히 전해졌다. 여울이 느끼고 있는 감정과 두려움을 사유도 느꼈다. 여울은 자신의 결정을 두려워하고 있었다. 하지만 그보다도 더 큰 마음이 여울을 분기점으로 떠밀었다.

"나는 선택해야만 해."

여울의 말이 사유의 목소리로, 사유의 입술에서 흘러나왔다.

"그것만이 내가 택할 수 있는 유일한 길이니까."

계속해서 여울의 이야기가 이어졌다.

"언젠가는 언니도 나를 이해할 수 있을 거야. 난 믿어."

여울이 고개를 휙 돌리자 사유의 고개도 함께 돌아갔다. 그러자 저 하늘에 닿을 것처럼 길게 뻗은 지혜도시의 고요한 도로가 보였다. 그리고 그 도로 위로 커다란 자동차가 여울이를 향해 달려 내려왔다.

안 돼. 사유가 속으로 외치고 또 외쳤다. 그러나 여울은 사유의 목소리를 듣지 않았다.

마지막 순간의 시간은 아주 느리게 흘러갔다. 사유는 천천히 숨을 들이마시고 뱉는 여울의 호흡과 떨리는 속눈썹과 차가워지는 손가락을 모두 느꼈다.

여울의 눈에 사유의 모습이 비쳤다.

"언니는 도망쳐."

여울이 천천히 눈을 한 번 깜박였다. 인사였다. 사유는 제 몸에 머물렀던 여울의 감각들이 빠져나가는 걸 느꼈다. 피마저 차가워졌다. 사유는 자신이 무엇을 본 건지 알 수 없었다. 여울이 어떤 결정을 했다는 것. 그리고 그게 그리 좋지 않을 거라는 직감만 있었다.

누군가 어깨를 강하게 움켜잡았다.

"사유야!"

새하얗게 질린 사유의 얼굴을 확인한 여래가 물었다.

"여울이에게 무슨 일 생긴 거야?"

사유가 대답하기도 전에 두 사람 앞에 문이 하나 생겼다. 놀란 여래는 사유를 제 뒤에 숨겼다. 정원지기가 갑자기 이쪽으로 온 거라면 가장 먼저 사유를 지켜야 했다. 하지만 문이 열리고 들려온 목소리는 낯선 이의 것이었다.

"나와."

문 앞에는 여래가 처음 보는 여자가 서 있었다. 짧은 흰 머리를 한 올도 내려오지 않게 꽉 묶은 헤어스타일, 송곳처럼 날카로운 눈빛, 눈가의 주름이 그 사람의 나이를 짐작하게 했다. 문을 열고 모습을 드러낸 여자는 쓰고 있던 안경을 치켜올리고 물었다.

"네가 여래지?"

설마, 하는 목소리로 여래가 물었다.

"혹시, 그림자……."

흰머리 여자가 어깨를 으쓱였다.

"맞아. 물론 그건 도시인들이 일방적으로 부르는 이름이 긴 하지만. 자, 시간 없어. 당장 이리 와. 중앙 정원과 연결된 문을 만든 건 나도 너무 오랜만이라서 말이야."

그 말에 여래가 자리에서 일어났다.

"잠깐만 기다려 주실 수 있나요? 제 친구가……."

여래는 갑자기 여울의 사건이 터진 상황에서 제대로 산의 축복을 깃들게 하지도 못한 채, 사유를 혼자 내버려 둘 수 없었다. 흰머리 여자가 사유를 보았다.

"그렇다면 네가 사유겠군. 얼굴이 똑같네."

그 말에 사유가 고개를 들었다. 얼굴이 똑같다는 건 누구를 두고 하는 말인지 묻기도 전에 여자가 말을 이었다.

"내 이름은 파란이야. 여울이에게 네가 이곳을 도망치는 걸 도와달라는 부탁을 받았어. 그러니 너도 우리와 함께 가야 해."

"여울이가?"

사유더러 도망치라고 했던 여울의 말이 귓가를 울렸다.

"그러니 가자. 설명은 안전한 곳으로 피한 다음에 해 줄 테니까."

여울의 부탁이라면 사유는 당연히 이곳에서 도망쳐야 했다. 사유가 고개를 끄덕이자 파란이 허공에 커다랗게 네모 모양을 그렸다. 그러자 파란색 문이 하나 생겼다.

"저 문을 통해 나가!"

파란의 목소리에 여래가 사유의 손을 잡고 문 쪽으로 달렸다. 문 밖을 나가자 아무도 없는 역사가 나왔다. 지혜도시가 만들어지기 전에 사용하던 과거의 유물인 듯했다.

"아까 그 사람은 도대체 누구야? 여울이에 대해서는 어떻게 알고 있는 거지?"

"그 사람은 나와 메시지를 주고받았던 그림자야. 오늘 중앙 정원에서 만나 나를 지혜도시 바깥으로 빼내 주기로 했지. 그런데 뭔가 예상치 못한 일이 발생한 것 같아."

"저 사람이 그림자라고?"

사유는 혼란스러웠다. 지혜도시를 떠날 생각은 한 번도 해 본 적 없었다. 하지만 그 사람이 전해 주었던 여울의 마지막 메시지가 걸렸다. 여울이 부탁했다면 사유도 더 이상 지혜도시에 남아 있을 이유가 없었다. 원래 지혜도시에 들어오려고 했던 것도 여울 때문이었으니까.

"그럼, 나도 널 따라갈래. 그럼 저 사람을 만날 수 있는 거지?"

사유의 말에 여래가 정말 괜찮겠냐는 듯 바라보았다. 사유가 고개를 끄덕였다.

"이곳엔 더 이상 내가 사랑하는 것들이 없어. 여울이도, 너도. 그럼 나도 가는 게 맞아."

여래가 사유의 손을 잡았다. 꽉 맞잡은 손에서 온기가 전해졌다.

"그럼 이제 어디로 움직여야 하지?"

주변을 살펴보았지만 눈에 띄는 것이 없었다. 지금의 지혜도시와는 전혀 다른 지도, 사용하지 않은 지 오래되어 보이는 물건들 그리고 유통기한이 적어도 십 년은 지난 과자 봉지들이 보였다.

"아무래도 여긴 버려진 지 너무 오래된 것 같은데……."

다른 곳으로 통하는 문도 보이지 않았다. 그렇다면 남은 것은 이제 하나였다. 어디로 이어져 있는지 모르는 선로.
그때, 어둠에 휩싸인 선로에서 불빛이 비쳤다. 두 사람은
자연스럽게 고개를 돌렸다. 그러자 먼지가 두껍게 쌓인 선
로 위 모니터에 메시지가 떴다.

"지금 열차가 들어옵니다."

커다란 소리와 함께 역사 안으로 열차가 들어왔다. 도착
지도 출발지도 적혀 있지 않은 지하철이었다.

"문이 열립니다."

삐걱대는 소리와 함께 지하철의 문이 열렸다. 열차 안에
는 아무것도 없었다. 텅 빈 지하철 칸 가운데는 홀로그램
하나가 떠 있을 뿐이었다.

"저건……."

지혜도시 박물관 중앙에 자리 잡은 홀로그램과 똑같았
다. 빙글빙글 돌아가는 초록빛 산. 누구나 처음 지혜도시를
방문하면 박물관에 가서 산에 대한 설명을 들었다. 하지만
지금 사유와 여래 앞에 있는 홀로그램의 모습은 그것과는
조금 달랐다.

여래가 아래를 바라보았다.

"완전히 무너졌네."

부서진 홀로그램의 녹색 조각이 열차 바닥을 구르고 있

었다.

"여기서부터는 산의 영역이 아니라는 거지."

그 말에 여래가 사유를 바라보았다. 사유가 먼저 입을 열었다.

"타자. 이것밖에는 답이 없어."

문은 두 사람이 올라타자마자 닫혔다.

대초원에서

　사유가 눈을 떴다. 순간적으로 긴장이 풀린 건지 저도 모르게 잠이 든 모양이었다. 여래 역시 사유의 어깨에 머리를 기대고 깊은 잠에 빠져 있었다. 창밖으로 지나치는 풍경에 사유는 자신이 어디에 있는지 기억해 냈다.

　창밖으로는 밤과 낮이 빠르게 지나갔다. 밤 다음에 다시 밤, 낮 다음에 다시 낮이 반복됐다. 열차가 어디로 향하는지 알 수 없도록 만든 장치인 듯했다. 밖에 보이는 풍경은 모두 거짓이고 열차가 흔들리는 것도 어쩌면 환상일 수 있었다. 실상은 그냥 같은 곳에서 계속 흔들리기만 하는 건지도 몰랐다.

　여울이 어디에 있을까 생각하던 사유는 문득 여울이 했던 말을 가만히 되풀이했다.

"내가 널 이해할 수 있을 때가 올 거라고……."

그때, 열차가 멈췄다. 흔들림이 멎자 여래도 눈을 떴다.

"일어났어?"

여래가 작게 고개를 끄덕였다. 서로를 바라보는 시선을 통해 말은 없어도 위로만큼은 확실히 전해졌다. 천천히 문이 열리자 그 뒤로 샛노란 풍경이 시야에 들어왔다. 창백한 열차의 불빛 아래서 있던 사람에게는 너무나 강렬한 빛깔이었다.

불어오는 바람이 사유의 온몸을 휘감았다. 늘 어딘지 모르게 축축한 느낌이 섞여 있던 지혜도시와 다르게 이곳은 손을 대면 부서질 것처럼 메말라 있었다.

"여기가……."

그제야 사유는 문 너머에 보이는 게 무엇인지 알아차렸다. 눈앞에 펼쳐진 금빛 무더기들은 적어도 삼 미터 정도는 되어 보이는 거대한 갈대였다. 갈대들이 바람에 사각거리는 소리를 냈다. 짙은 초록빛이던 중앙 정원의 산과는 전혀 다른 색으로 꽉 차 있는 곳이었다. 지하철은 더 이상 움직일 생각이 없어 보였다. 여래와 사유가 서로를 마주 보고 고개를 끄덕였다. 조심스러운 발걸음으로 두 사람이 지하철에서 내렸다.

"언더그라운드에 온 걸 환영한다."

익숙한 목소리가 갈댓잎 사이에서 들렸다. 파란이 갈댓잎을 손으로 걷으며 두 사람쪽으로 걸어오고 있었다.

"용케 잘 왔구나."

파란이 열차의 바깥쪽에 달린 손잡이를 내리자 열차의 모습이 투명해졌다. 파란이 어깨를 으쓱였다.

"갈대들 때문에 위에서 잘 보이진 않지만 혹시 몰라서 말이지.

사유가 가장 먼저 물었다.

"여울이 여기 있어요? 아니면……."

파란이 고개를 좌우로 내저었다.

"여울이는 여기 없어. 정원지기들이 생각보다 방비를 잘하고 있었어. 물론 오늘 우리의 계획도 갑자기 수정되는 바람에 허술한 부분이 많았지만."

"그럼 여울이는 어디에 있어요?"

"일단 간단히 말하면 여울이는 지금 정원지기들에게 붙잡혀 있다. 너는 우리와 함께 여울이를 데려오기 위해 다시 한번 중앙 정원으로 들어가야 해."

사유는 어떻게 여울이 혼수상태에서 빠져나왔는지, 왜 그런 도로에 서 있었는지, 지금은 어떻게 되었는지 알 수 없었다. 그러나 한 가지만큼은 확실했다. 자신이 여울을 구해야 한다는 것.

"그리고 우리도 너를 도와줄 생각이야."

파란의 말에 사유가 입술을 앙다물고 고개를 끄덕였다.

"네, 여울이를 구할 수만 있다면 뭐든지 할 게요."

파란이 고개를 끄덕였다.

"그 정도 마음가짐이라면 괜찮을 것 같구나. 이쪽으로 따라와라."

앞서 걷는 파란의 뒷모습을 향해 여래가 물었다.

"어디로 가는 겁니까?"

"다른 그림자들이 모여 있는 진짜 언더그라운드. 우리 집에 가는 거야. 내 뒤를 바짝 따라와. 여기서 길 잃으면 영영 이 대초원을 떠돌아다니게 될 테니까."

여래가 놀란 목소리로 되물었다.

"여기가 대초원이라고요?"

"그래. 지혜도시 안에 포함되어 있으면서도 정원과 정원로가 없는 유일한 곳이지."

"이런 모습일 줄은 몰랐어요."

파란이 어깨를 으쓱였다.

"당연하지. 아무도 알려 주지 않으니까. 대초원은 정원지기들이 철저히 외면하는 곳이야. 그래서 도시인들에게도 대초원의 모습을 보여 주지 않고."

이야기를 듣고 있던 사유가 물었다.

"대초원이 뭔데?"

여래가 대답했다.

"지혜도시와 바깥의 접경지대야. 지혜도시를 둥글게 감싸고 있어.

파란이 여래의 말을 이었다.

"지혜도시가 처음 세워질 때는 대초원도 도시의 일부였지만 정원지기들은 도시와 바깥 사이에 일종의 완충 지역이 필요하다고 생각했어. 지혜도시는 아무나 들어올 수 있는 곳이 아니니까. 도시인들이 외치는 평등은 태초부터 없던 거지."

그 말에는 비웃음이 섞여 있었다.

"그리고 하나 더, 이 대초원 덕분에 지혜도시는 바깥의 다른 도시들이 겪는 반동을 피할 수 있어."

여래가 물었다.

"어떤 반동이요?"

"지혜도시가 세상에서 가장 안전한 도시가 될 수 있는 이유, 모든 천재지변을 피해 가는 이유. 그게 아무런 대가

도 없이 가능하다고 생각해?"

파란의 말에 사유와 여래의 표정이 굳었다.

"지혜도시는 산의 보호를 받아 아무렇지 않겠지만, 그렇게 지혜도시가 피한 것들은 전부 외곽의 다른 도시들이 감당하고 있어. 산은 그런 식으로 움직이거든. 미래를 완벽히 예측하고 모든 상황에 대한 데이터를 모아 계산할 수는 있어도, 안타까움이나 측은지심 따위는 없어."

파란이 고개를 들어 산이 있는 방향을 바라보았다.

"결국 지혜도시가 안전해지기 위해 이렇게 대초원을 둔 거야."

"다른 도시들은 어떻게 됐나요?"

사유의 물음에 파란이 어깨를 으쓱이며 손짓했다.

"지진, 홍수, 갑작스러운 전염병, 가뭄……. 뭐, 말로 다할 수가 없지. 자, 들어와."

파란의 손짓에도 사유와 여래는 방금 들은 말의 여파에서 헤어 나올 수가 없었다. 다른 도시들을 이용해 지혜도시의 안전을 지켜 왔다는 건 처음으로 안 사실이었다.

멍하니 서 있는 둘을 보며 파란이 쓴웃음을 지었다.

"아무도 알려 주지 않는 지혜도시의 실상이지. 이곳엔 그런 지혜도시와 산을 전복하려는 사람들이 모였단다. 근데 계속 그렇게 바깥에 있을 거야?"

그제야 정신을 차린 둘이 열린 문으로 들어섰다.

입구는 지하로 이어져 있었다. 닫힌 문이 삐걱거리는 소리를 내며 움직였다. 사유가 힐긋 뒤를 보자 파란이 걱정할 것 없다는 듯 말했다.

"지상으로 통하는 문은 한 번 사용하면 위치가 바뀌거든. 그 소리야."

계단을 타고 아래로 내려가자, 사유가 저도 모르게 숨을 크게 들이마셨다. 그건 옆에 있던 여래도 마찬가지였다. 고소하고 진한 음식 냄새가 배어 있는 공기. 둘 다 그제야 허기를 느꼈다. 생각해 보면 꼬박 하루째 아무것도 먹지 못했다. 지금까지야 극도의 긴장감에 배고픔을 느끼지도 못했지만 이런 냄새를 맡으니 배고프다는 사실이 여실히 느껴졌다.

두 사람이 허기지다는 걸 알아차렸는지 파란이 뒤를 돌아보았다.

"배고파?"

사유가 얼굴을 붉히며 대답했다.

"조금요."

"걱정하지 마. 우리 주방장 솜씨가 좋거든."

그렇게 말한 파란이 아래로 내려온 천을 걷고 안으로 들어섰다. 그러자 식당이 나타났고 아까보다 더 진해진 냄새와 함께 사람들의 목소리가 들렸다.

"나 왔어."

안에 있던 사람들이 모두 파란을 쳐다보았다.

"왔어? 별일 없었고?"

사람들이 전부 몰려왔다. 그들에게는 도시인들과 다른 분위기가 뿜어져 나왔다. 거친 생활력, 신념이 깃든 눈동자, 확신 있는 목소리.

"계획이 조금 어긋나긴 했지만 별다른 일은 없었어."

흙을 파고 나무를 덧댄 방식으로 만들어진 식당이었다. 천장에 뚫어 놓은 둥그런 들창을 통해 겨우 햇볕이 들어왔다. 가운데 있는 식탁과 벽 쪽에 붙어 있는 아궁이 그리고 높게 쌓은 접시들이 보였다.

가장 끝에 있던 아주머니가 물었다.

"뒤에 있는 꼬맹이들은 누구야?"

파란이 사유와 여울을 바라보았다.

"지혜도시에서 우리에게 온 아이들. 이쪽은 사유, 여기는 정원지기 가문의 여울."

사람들이 잠깐 술렁였다. 정원지기 가문이라는 사실이

언더그라운드에서 환영받지 못할 거라는 건 여래도 잘 알고 있었다. 여래가 머뭇거리며 입을 열었다.

"안녕하세요……."

여래의 말이 끝나자마자 가장 앞에 있던 사람이 손을 뻗었다.

"언더그라운드에 온 걸 진심으로 환영한다. 잘 왔어, 모두."

그 인사를 듣자마자 여래는 이곳 사람들이 자신의 처지를 이해하고 있다는 것을 깨달았다. 여래의 마음이 편해졌다.

"다들 일단 앉지."

파란의 말에 전부 식당 테이블에 자리를 잡았다. 도시인들과는 전혀 다른 표정과 웃음소리가 테이블을 채웠다. 여래와 사유가 사람들과 대충 인사를 나누고 나서 파란이 입을 열었다.

"사유는 우리와 같은 처지야."

순간, 그 한마디에 사방이 조용해졌다. 주변에 서 있던 사람들 전부 사유를 향해 가볍게 고개를 숙였다. 무언가를 기리는 것 같았다. 사유의 머릿속에 생각 하나가 스쳐 지나갔다. 각양각색의 나이와 모습이지만 얼굴에 베일처럼 엷게 슬픔이 깔려 있는 게 비슷했다.

"같은 처지라는 건…….."

앞치마를 입은 남자가 진한 수프가 가득 찬 접시를 사유에게 건네며 부드러운 목소리로 물었다.

"사유 씨는 누굴 잃었나요?"

"잃었다니요?"

사유의 되물음에 남자가 대답했다.

"언더그라운드까지 왔잖아요. 아무 사건 사고도 없는데 도시 생활을 그만두고 여기에 올 리가 없죠. 우리도 마찬가지예요. 이곳에 모인 사람들은 전부 소중한 사람을 잃었거든요."

마지막 말에 사유가 눈을 크게 떴다. 그리고 저도 모르게 옆에 앉아 있던 파란을 쳐다보았다. 깊어진 파란의 눈빛이 들어왔다. 누군가를 떠올리는 것 같은 얼굴. 하지만 금방 그런 기색을 지운 파란이 입을 열었다.

"맞아. 다들 똑같지. 여기 우리 주방장인 차밀은 형을 잃었어. 그리고 이쪽은 딸을 잃었고. 처음엔 다들 왜 그렇게 된 건지도 몰랐지. 나중에 시간이 지나고 나서야 그들의 죽음에 정원지기들이 연루되었다는 걸 알게 됐고."

그 말에 사유의 얼굴이 굳었다. 같은 처지라는 건 정원지기에게 여울을 빼앗긴 자신의 상황을 말하는 거였다. 파란이 이야기를 이었다.

"처음 만난 자리에서 이런 이야기를 너에게 하는 건, 여기에 모인 사람들도 비슷한 일을 겪었다는 걸 알려 주고 싶었기 때문이야. 우리는 전부 네 마음을 이해한다고."

사유가 황급히 고개를 떨구었다. 이유도 모른 채 갑자기 사라진 여울과 갑자기 일어난 사고들. 휘몰아치는 상황에 정신을 차리고 있는 것조차 힘들었다. 그런데 이렇게 불쑥 따뜻한 말을 듣게 되자 사유는 눈물이 왈칵 쏟아질 것 같았다.

파란이 사유와 여래에게 말했다.

"일단 먹자. 어제부터 아무것도 못 먹었을 텐데. 잘 먹어야 동생 찾을 기운도 나는 거야."

사유가 얼른 수프를 떠먹었다. 그제야 온몸에 온기가 도는 것 같았다. 그동안 참았던 허기가 한꺼번에 터져 나오는 기분이었다. 사유도 여래도 그릇에 얼굴을 박고 나머지를 쓸어 넣었다. 옆에 있던 파란이 다른 음식을 내주었다. 간만에 느끼는 따스함이었다.

*

밥을 먹고 나서 사유와 여래는 언더그라운드의 생활과

관련한 간략한 주의 사항을 들었다.

주로 정원로에 감지되지 않는 방법들이었다. 대초원은 강수량이 적었고 햇빛이 따가웠다. 그래서 사람들 대부분이 지하에 땅을 파고 거주했다. 지하에서 생활하기 위해서는 어떤 점들을 신경 써야 하는지 듣고 나니 시간이 훅 지나가 버렸다.

"여기서 잠깐 기다려요. 아마 파란 씨가 나머지 설명을 위해 올 거예요."

설명해 주던 사람이 떠나자 응접실에는 사유와 여래만이 남았다. 이제야 조금 여유가 생긴 사유가 응접실 안을 둘러보았다. 지혜도시와는 전혀 다른 모습의 공간이었다. 누군가의 손자국이 묻어 있는 주방의 물건들, 어딘가 한 코씩 빠져 있는 뜨개 테이블보, 그 위에 반쯤 시든 꽃과 중심이 이상하게 잡혀 있는 도자기 화병, 누군가 읽다 말았는지 테이블 위에 펼쳐져 있는 오래된 잡지까지. 지혜도시의 모든 것이 정원으로 돌아가는 깔끔하고 차가운 느낌이었다면, 이곳은 그야말로 여기에 사는 사람들의 취향이 드러나는 공간이었다.

"어때, 잘 지낼 수 있겠어?"

여래의 물음에 사유가 희미하게 웃었다.

"우리가 선택한 곳이잖아. 잘 지내야지."

사유의 대답을 들었는지, 파란이 응접실로 들어왔다.

"그래. 아직 너희는 어떻게 생각할지 모르겠지만 난 적어도 이곳이 너희의 새로운 고향이 될 수 있도록 노력하고 있어."

파란의 말에 사유와 여래가 알 것 같다는 듯 고개를 끄덕였다.

"있으면 마음이 편안해지는 공간으로 말이야. 적어도 너희가 여기 언더그라운드에 있을 때만큼은 편했으면 좋겠어. 자, 그럼 이제 중요한 이야기를 해 볼까? 따라오렴."

파란의 뒤를 따라나선 사유와 여래가 복도를 지나쳐 낡은 문 앞에 섰다.

"내 연구실이야."

문을 열자 오래된 책들이 쌓여 있는 테이블이 보였다. 벽에는 낡은 모니터가 달려 있었고 한쪽에는 손으로 직접 만든 것 같은 입체 지도가 있었다. 안쪽으로 들어온 여래가 물었다.

"이건 중앙 정원의 입체 지도로군요?"

"그래, 내가 만든 거지. 그곳을 잊지 않도록 말이야."

중앙 정원과 산을 작게 만들어 붙인 입체 지도에는 파란의 집념이 서려 있었다. 지도를 들여다본 여래가 천천히 입을 열었다.

"그러고 보니 그때 중앙 정원에 문을 만들었죠? 그건 으뜸 정원지기만 할 수 있는데, 정말 정원지기였던 거예요? 유일하게 지혜도시를 빠져나갔다던…….."

"맞아, 내가 그 정원지기다."

"소문이 정말이었군요. 늘 궁금했어요. 어째서 으뜸 정원지기의 자리에서 물러난 거죠?"

여래의 질문에 파란이 무거운 숨을 내뱉었다.

"그 이야기를 해 주기 위해 너희를 여기로 부른 거야."

파란이 여래의 진녹색 눈을 바라보았다.

"혹시 눈 말고 다른 부분에도 산의 축복을 받았니?"

"네, 등과 팔에."

"보여 줄 수 있니?"

잠깐 고민하던 여래가 소매를 걷어붙여 어깨 위쪽 부분을 보였다. 그걸 본 파란의 표정이 굳었다.

"설마 산의 축복을 받기 위해 일부러 상처를 낸 거야?"

파란의 목소리가 떨리고 있었다.

"알고 계시는군요. 산의 축복을 어떻게 받아 내는지."

"우리는 본디 가지고 있는 결핍이 있었어. 그렇기에 일부러 결핍을 만들어 내지 않아도 됐지. 그런데 일부러 몸을 해하면서까지 산의 축복을 받길 원한다고?"

"제 어머니가…… 효용가치 없는 것을 싫어하셔서요."

"이화가 그렇게까지 생각하는 줄 몰랐어."

파란의 말에 여래가 놀란 목소리로 물었다.

"어머니를 아세요?"

파란이 고개를 끄덕였다.

"내가 지혜도시에 있을 때, 어린 이화와 같이 생활한 적이 있어. 내가 떠난 으뜸 정원지기의 빈자리를 채운 게 바로 이화다."

"말도 안 돼."

여래는 그제야 자신의 어머니가 어떤 방식으로 정원지기가 되었는지 알았다.

"내 자리를 채운 사람이 이화지. 우선, 산의 축복에 대한 이야기부터 시작할게. 산의 축복이 결핍이 있는 자리에 깃드는 건 너무나 당연한 일이야. 물론 모든 게 다 사라진 지금은 과정 없이 결과만 남았을 뿐이지만."

"과정이 없다니요?"

"원래 산과 산을 둘러싼 것들은 몸이 불편한 사람들을 도와주기 위해 만들어진 거니까."

파란의 말에 여래와 사유 모두 놀란 기색이 역력했다.

사유가 물었다.

"산이 만들어졌다고요?"

파란이 쓰고 있던 안경을 벗으며 대답했다.

"둘 다 산의 진짜 모습을 본 적 있지 않나? 어때, 그게 자연적으로 발생했을 거라고 생각해?"

문자의 무덤, 아무도 알지 못했던 산의 진짜 모습을 두 사람은 목격했다.

여래가 말했다.

"당신도 산의 진짜 모습을 알고 있던 거네요."

"그럼, 잘 알고 있지. 산을 바로 옆에서 봐 왔으니까. 물론 인간이 산을 '알고 있다'고 생각한 시간은 아주 찰나였지만."

"산이 변했다는 이야기인가요?"

사유의 질문에 파란이 어깨를 으쓱였다.

"모든 건 변해. 변하지 않는 건 없지. 하지만 산은…… 너무 빨리 변했어."

"그럼 원래의 산은 대체 뭐예요? 읽을 수 없는 문자들로 이루어진 그 거대한 더미는 대체 뭐고요."

"산이 가지고 있는 문자에 대해 설명하려면 지혜도시가

어떻게 생겼는지부터 알아야겠지."

파란이 천천히 입을 열었다.

"지혜도시의 자리에는 원래 테바연구소가 있었어. 거긴 내가 원래 일했던 곳이기도 해."

"테바연구소에서요?"

"응. 우리가 처음 만들기 시작한 건 인공 육체였어. 기술이 발전하고 자본이 축적되자 사람들은 더 긴 수명을 바랐으니까. 그건 연구소에 돈을 대 주는 늙은 부자들도 마찬가지였고."

파란이 회의실의 오래된 나무 찬장을 열어 무언가를 꺼냈다. 놀란 사유가 한 발짝 뒤로 물러났다.

"그게 뭐예요?"

"우리가 만든 인공 육체야."

그건 진짜 팔 같았다. 근육과 피부, 손톱에 솜털까지도 생기가 넘쳤다.

"한번 써 볼래?"

파란이 들고 있던 팔을 사유의 어깨에 가져다 댔다. 그러자 인공 팔에서 피부가 액체처럼 흐르기 시작해 곧 사유의 어깨와 연결되었다. 마치 처음부터 거기에 자라나 있었던 것처럼 보였다.

"이, 이게 무슨……."

순간 인공 팔이 안쪽으로 움츠러들었다. 잠깐 머뭇거리던 사유가 지도를 향해 팔을 뻗었다. 그러자 한쪽 어깨에 달린 두 개의 팔이 움직이며 지도 위 미니어처 건물을 집어들었다.

"와, 어떻게 이렇게 자연스럽게 움직일 수 있어요?"

"인공 육체에 심은 인공 지능 덕분이지."

"이 안에 인공 지능이 있다고요?"

"응, 인공 육체를 진짜 몸처럼 움직이려면 사람의 의지를 해석하고 그것을 인공 육체에 전달해 줄 수 있는 중간 매개체가 있어야 해. 뇌에서 시작된 명령을 아주 빠른 속도로 전달받아 인공 육체에 그 신호를 전달할 수 있는 매개체. 그게 모든 인공 육체에 하나씩 심어져 있어."

사유가 인공 팔을 바라보았다.

"덕분에 사람들은 인공 육체를 길들일 필요 없이 원래 가지고 있었던 것처럼 손쉽게 움직일 수 있었겠네요."

"맞아. 인간이 들여야 할 노력을 인공 지능이 대신 하는 거지. 진짜 인간보다 훨씬 더 효율이 좋아. 말도 안 되는 양의 정보를 짧은 시간 내에 분석하고 체득하니까."

파란이 손을 뻗어 사유의 어깨에 붙어 있는 인공 팔을

떼어 냈다. 마치 자신의 신체 일부를 뗀 것처럼 이상한 기분이 들었다. 사유가 인공 팔을 쳐다보았다. 그 시선을 알아챈 파란이 고개를 끄덕였다.

"인공 육체를 한 번 겪은 사람들은 거기에 빠져들었어. 아주 쉽게 얻는 확장된 감각, 새로운 능력."

"빠져들었다는 건……."

"처음에는 장애가 있는 부위를 중심으로 인공 육체를 사용했지만 점점 많은 부분을 인공 육체로 바꿨다는 이야기야. 인공 육체로 절반 이상을 바꿔 버린 사람도 등장했지. 하지만 문제는 그거야. 인공 육체마다 그것을 통제할 수 있는 인공 지능을 심었어."

사유가 눈썹을 살짝 찌푸리며 말했다.

"그렇다는 건, 사람 안에 심는 인공 지능도 더 많아졌다는 이야기겠네요?"

"그래, 그렇게 인공 인격까지 나오게 된 거야. 인공 지능은 인공 육체를 더 자연스럽게 움직이게 했다면 인공 인격은 그것들이 정말로 인간처럼 보이도록 만들었지. 인공 인격은 인공 지능의 통제와 더불어 의도적인 머뭇거림, 인간이 생각하면서 물건을 집는 반응 속도의 변화 혹은 취향에 따른 선택까지 할 수 있게 했어."

"취향까지요?"

취향은 인간이 살아온 시간을 통해 만들어지는 것이다. 인공 인격이야말로 인공의 물질을 사람처럼 만들어 주는 마지막 신의 손길이었다.

"그래서 파란 씨는 연구소에서 뭘 만들었어요?"

파란이 잠깐 머뭇거렸다.

"나는…… 신을 만들어야 했어."

순간 정적이 흘렀다.

"신이라니, 무슨 말이에요?"

말도 안 되는 소리라는 건 파란도 잘 알고 있었다. 하지만 테바연구소는 말도 안 되는 소리를 현실로 만들 수 있을 만큼의 돈과 능력이 있었다.

"말 그대로야. 인공 육체와 지능을 만들어 낸 사람들은 이제 궁금해졌어. 새로운 육체와 지능이 손에 있잖아. 거기에 신의 인격을 만들어 넣으면 어떻게 될까?"

"신의 인격을 넣는다고요?"

"처음에는 지혜도시를 관리하는 용도로 사용하는 거라고 해서 나도 그런 줄 알았지. 연구원들도 정말 그럴 생각이었을 거야. 하지만 인공 육체 안에 심어진 인공 지능이 서로 연결되면서 임계점을 넘어 폭발적으로 성장해 버렸어. 그걸 알아챘을 땐 이미 우리가 관측할 수 없을 정도로 그들은 자라 있었어."

파란이 천천히 시선을 지도로 돌렸다.

"언제부터였는지 정확히 몰라. 만약 우리가 알았다면 처음부터 산에게 지혜도시의 권한을 주지 않았겠지."

"잠깐만요, 산이라면……."

여래의 말에 파란이 고개를 끄덕였다.

"그래, 그게 산이 언어로 이루어져 있는 이유야."

방 안에 있는 모두의 시선이 전부 입체 지도의 끝에 있는 산을 향했다.

"나는 신의 인격을 만들기 위해 아주 많은 이야기를 모았어. 오래된 신화와 창조와 태초를 담은 이야기들을."

"대체 그런 걸 만들어서 어디에 쓰려고 했던 거예요?"

"말했잖아. 우리는 산을 통해 도시를 관리하려고 했어. 너희도 배운 적 있을 거야. 많은 나라가 도시국가였던 시절엔 각 도시를 신에게 봉헌했지. 예를 들어 아테네는……."

"아테나 여신에게 바쳤다는 것처럼요?"

사유의 말에 파란이 고개를 끄덕였다.

"그래. 우리는 우리가 만든 새로운 존재가 어떻게 도시를 관리하는지 살펴보려고 했어. 연구실의 확장판이라고 해야 할까. 지혜도시에 대한 내용이 공표되면서 아예 적극적으로 이 도시를 이용하자고 생각했지. 하지만 지혜도시가 커지면 커질수록 뭔가가 달라졌어."

우리가 어쩌면 신을 만들어 버린 건지도 몰라, 파란은 문득 바람결처럼 중얼거렸던 미래의 말이 귓가에 맴도는 듯했다.

"너희들이 보았던 이상한 문자들이 산의 원형이야. 내가 모은 신의 인격에 대한 이야기와 인공 지능을 담당했던 연구원이 만든 프로그래밍 코드 그리고 지혜도시를 관리하면서 산이 스스로 저장한 정보들까지. 그 모든 게 거기에 모여 있는 거야. 겉보기에 산처럼 보이지만 그것의 진짜 모습은 사실 거대한 데이터 저장소에 가까워."

사유의 눈썹이 가늘게 떨렸다. 산의 무거운 공기, 사방을 빽빽이 메운 나무와 식물들이 사실은 빼곡하게 쌓여 있는 데이터들이라고 생각하니 어쩐지 소름이 돋았다.

"왜 하필 산이에요?"

여래의 물음에 파란이 어깨를 으쓱였다.

"아마 내가 찾아 넣었던 이야기들 때문일 거야. 여러 문화에서 높은 산은 신성한 영역을 뜻하지. 하늘과 땅을 이어 주는 곳이기도 하고 오래된 신화에 한 번씩 나오는 대홍수에서 방주에 탄 사람들이 처음으로 땅을 밟은 곳이기도 하지."

사유가 파란을 바라보았다.

"진짜 신을 만들어 냈군요, 당신이."

"그래서 난 책임지려고 여기 있는 거야. 정체도 모를 무언가를 신이라고 여기는 정원지기들에게 더 이상 도시인들의 목숨을 맡길 수 없으니까."

"파란 씨는…… 누굴 잃었나요?"

사유의 말에 파란이 입술을 가만히 깨물었다.

"나와 함께 테바연구소에서 함께 연구원으로 일했던, 내가 가장 사랑했던 사람."

그 말에 사유는 처음 언더그라운드에 들어와 식당에서 보았던 파란의 표정이 떠올랐다. 이곳에 있는 사람들 모두 누군가를 잃었다고 말했을 때의 표정. 그때도 파란은 그 사람을 떠올렸던 모양이다.

"지혜도시가 개관하고 몇 년이 지나지 않아 테바연구소에 큰 화재가 일어났어. 철저하게 관리되는 곳 중 하나였는데, 이상한 일이었지. 그 사건으로 단 몇 명을 제외한 연구원들이 모두 죽었어. 미래도……."

잠깐 한숨을 내쉰 파란이 계속해서 말을 이었다.

"게다가 테바연구소에서 가장 중요한 정보와 재산들도

한순간에 사라졌고. 그렇게 지혜도시만 남게 된 거야. 연구원들이 전부 죽고 더 이상 남아 있는 것들을 관리할 자본도 없었으니 자연스럽게 지혜도시의 권한을 가지고 있던 산이 가장 중요한 위치에 오르게 되었지. 처음에는 당연히 산을 도와야 한다고 생각했어. 지혜도시와 산은, 나와 미래가 함께 만든 작품이었으니까."

그때의 기억 때문인지, 파란의 얼굴이 순간 어두워졌다.

"그래서 정원지기의 자리를 수락하고 지혜도시를 위해 일했던 건데, 사실은 그게 아니었던 거지. 미래의 목숨을 앗아 갔던 연구소의 화재마저 산의 계획이었어. 연구소와 연구원들이 계속 남아 있으면 지혜도시를 자신의 뜻대로 다룰 수 없으니까."

"고작 그것 때문에 그렇게 많은 사람을 죽게 했다고요?"

"산이 움직이는 방식은 언제나 그래. 자신이 정한 하나의 목표를 위해 가장 효율적인 수단을 고안해 내지. 그게 인공 지능과 인공 인격이 만들어진 이유니까."

파란이 했던 말을 사유가 되뇌었다.

"거기엔 안타까움이나 측은지심도 없다는 거군요."

"그런 건 목적을 달성하는 데 쓸모없다는 거지. 산은 테바연구소의 모든 연구원보다 많은 일을 혼자 해낼 수 있었어. 산을 만들어 냈지만 이제 더 이상 산에게 쓸모없는 존재가 된 연구원들을 없애는 건 산에게 너무 간단한 일이었어. 아무도 산을 말릴 수 없었어."

산은 잔인한 동시에 순수했다. 기묘한 고요가 세 사람을 무겁게 눌렀다. 가장 먼저 다시 입을 연 건 사유였다.

"그런 곳에 여울이를 둘 순 없어요. 정원지기들이 여울이를 데리고 있다고 했죠? 언제 되찾으러 갈 생각이세요? 조금이라도 더 빨리……."

"준비가 필요해."

무슨 준비가 필요하냐는 듯 사유가 파란을 보았다.

"아마 정원지기 쪽에서도 지금쯤이면 알아챘을 거다. 여울이의 상태를. 아니, 정확히 말하면 여울이 가지고 있는 능력이지."

사유가 되물었다.

"능력……이요?"

"그래. 만약 여울이가 아직까지 살아있다면."

사유는 자신이 무슨 소리를 들은 건지 알 수 없었다.

"잠깐만요. 여울이가…… 지금 죽었을 수도 있다는 거예요?"

여울과 죽음. 너무나 생경한 단어끼리 맞붙은 문장이 사유의 머릿속을 빙글빙글 맴돌았다.

"누가 여울이를 죽이려고 하는데요? 정원지기들이요?
아니면 다른 도시인들이?"

사유의 손이 벌벌 떨리기 시작했다. 누구든 여울이를 죽
이려고 하면 가만두지 않을 것이다. 하지만 돌아온 대답은
전혀 달랐다.

"여울이를 죽이려고 한 건, 나다."

"뭐라고요?"

옆에 있던 여래 역시 그게 도대체 무슨 말이냐는 듯 파
란을 바라보았다. 파란은 얼굴빛 하나 달라지지 않고 다시
말했다.

"사유, 너도 봤겠지. 여울이의 시선을 통해서 말이야. 여
울이는 우리가 정해 준 도로 U-13에 서 있었다. 다행히 미
끼체 여유분이 남아 있었기에 망정이었지. 사실은 거기서
여울이를 회수하고 너희를 챙겼어야 했는데, 생각보다 정
원지기들의 대응이 빨랐어. 사고 현장에서 여울이가 어떻
게 됐는지 볼 틈도 없이 정원지기들이 도착했으니까."

여래가 말했다.

"그럼 지혜도시 내에서 일어난 첫 사고가……."

"우리가 여울이와 만든 사고였지."

여래가 말릴 틈도 없이 사유가 파란에게 달려들었다.

"지금 여울이를 죽이려 했다는 거야? 도대체 왜?"

파란의 멱살을 틀어쥔 사유의 손에 힘이 도드라졌다. 그러나 파란은 여전히 침착했다. 이렇게 나올 줄 알고 있었다는 듯.

"여울이는 목숨을 걸었어. 너와 자신을 위해서."

사유는 도저히 이해가 되지 않았다.

"그게…… 무슨 소리예요? 왜 여울이가 나를 위해서 목숨을 걸어야 하는 건데?"

"뭐 때문인지 몰라도 여울이에게 산의 축복이 깃들었거든. 그것도 꽤 오랜 시간 동안."

산의 축복. 그 단어가 사유의 귓가를 때렸다.

"너희도 알고 있겠지만 여울이는 외지인이면서도 산의 꿈을 꿨어. 그건 그만큼 산과 강력하게 연결되었다는 뜻이지. 그런데 그런 여울이에게 산의 축복이 깃들었어. 내가 아까 말했지? 산의 축복은 결핍의 부분에 깃든다고."

여래가 멍한 표정으로 말을 받았다.

"팔이 없는 자에게는 새로운 팔을, 보지 못하는 자에게는 새로운 눈을. 그렇다면 여울이에게는……."

채 이어지지 못한 여래의 말을 파란이 끝마쳤다.

"그래. 산의 축복이 여울이의 정신에 깃들었다. 내가 여울이를 만났을 땐 이미 많은 부분이 산의 축복으로 물들어 있는 상황이었어. 그러다 U-13 도로에서 엄청난 양의 축복이 갑자기 여울이에게 몰려들었고."

"몰려들었다고요?"

"그렇게 넘실대는 산의 축복은 나도 처음이었어. 엄청난 덩굴들이 여울이를 휘감는데 그걸 떼어 낼 방법이 없었지."

덩굴이라는 말에 사유가 여래를 쳐다보았다. 흔들리는 두 사람의 시선이 서로 무슨 생각을 하고 있는지 말해 주었다. 좋지 않은 예감이 뒷골을 스쳤다. 사유의 입술이 덜덜 떨렸다.

"설마 내가 받았던 그 축복이……."

파란이 날카롭게 물었다.

"네가 받은 축복이라니, 그게 무슨 말이야?"

사유가 덜덜 떨면서 겨우 대답했다.

"어제 제가 중앙 정원에 여래와 함께 있던 이유가 그거였어요. 산의 축복을 받아 정원지기가 되려고."

여래가 믿을 수 없다는 목소리로 말했다.

"근데 사유에게 산의 축복이 하나도 남지 않았어요……."

사유가 고개를 저으며 중얼거렸다.

"아니야, 아니야……."

그제야 모든 게 다 맞아떨어졌다. 그렇게 많은 산의 축복을 받았는데 사유에게 흔적 하나 남지 않은 것도, 파란이 보았다던 엄청난 덩굴도. 순간 사유의 다리에서 힘이 풀렸다. 파란이 이제 깨달았다는 듯 천천히 고개를 끄덕였다.

"너희가 쌍둥이가 아니었다면, 여울이가 그렇게 한꺼번에 산의 축복을 받을 일은 없었을 텐데. 여울이도 더 이상 시간이 없다는 걸 느꼈던 거야. 마지막 방법밖에 남지 않았다고 여긴 거지."

"마지막 방법……."

"여울이는 자기 영혼에 산의 축복이 깃들면 안 된다고 했어. 내가 보기에도 위험할 수준이었고. 조금만 더 산의 축복이 넘어왔으면, 아마 여울이는 그 자리에서 산에게 먹혔을 거야."

"먹힌다고요?"

"산의 축복을 받은 자리는 산으로 대체되니까. 여울이의 영혼을 산이 대신하는 거지."

파란의 말에 사유는 어떤 말도 꺼낼 수 없었다. 자신의 선택으로 여울의 영혼이 영영 사라질 뻔했다.

"나, 나 때문에······."

사유는 숨을 제대로 쉴 수 없었다. 여래가 사유의 어깨를 붙잡았지만 사유가 풀썩 아래로 쓰러졌다.

"사유야, 괜찮아?"

파란이 얼른 사유의 상태를 확인하고 괜찮다는 듯 고개를 끄덕였다.

"갑작스러운 스트레스 때문에 잠깐 쓰러진 거니까 쉽게 두면 일어날 거야. 내가 약을 좀 지어 놓으라고 이야기해 둘게."

"감사합니다."

"이런 이야기, 전부 받아들이기 어렵겠지."

여래가 조용한 목소리로 물었다.

"그런데 정말로 여울이의 영혼에······ 산의 축복이 깃든 거예요?"

"확실해."

파란의 대답을 들은 여래의 표정이 가라앉았다.

"그렇다면 산의 축복이 깃든 영혼이 지금 제 어머니의 손에 있다는 거네요."

"그게 가장 큰 문제지."

파란의 시선이 테이블 위에 산산조각 난 산의 조각들을

향했다.

"산과 강력하게 연결되어 있고 산의 축복이 깃든 영혼과 몸. 어머니가 여울이의 상태를 안다면 절대로 놓치지 않으려고 할 거예요."

잠깐 생각하던 파란이 조용한 목소리로 말을 이었다.

"산이 지혜도시의 신이라면, 여울이 영혼에 신이 강림하는 거니까."

그리고 그런 여울을 손에 쥐려는 자들은 셀 수 없이 많을 게 분명했다.

＊

짙푸른 새벽하늘이 가득한 화면을 이화가 뚫어져라 바라보았다. 복구된 U-13의 정원로 영상 화면이었다. 오늘 있었던 사고는 그야말로 지혜도시 안을 강타했다. 그림자들은 이번 사건을 아주 오래전부터 치밀하게 계획한 듯싶었다. 그동안 정원로에 몰래 심어 둔 그림자들의 계정 숫자가 상당했다. 도시인들이 사용하는 계정을 복사해 만든 가짜 계정들은 진짜와 차이가 없었다.

게다가 정원지기들이 산의 부름을 받고 한자리에 모이

는 제삿날을 정확히 짚어 냈다. 제사가 시작되기 무섭게 가짜 계정과 미끼체를 통해 정원로를 셧다운시켰다. 보란 듯이 지혜도시 내 첫 번째 사고를 일으킨 것이다.

자동차를 타고 달려오던 움직임에는 한 치의 오차도 없었다. 이미 머릿속으로 수백 번 상상해 본 것처럼. 멈춘 영상에는 핸들을 잡고 있는 파란의 얼굴이 보였다.

"클로즈업."

이화의 말에 화면 속 파란의 모습이 더 가까이 비쳤다. 이것 역시 파란의 본모습이 아니라는 건 알고 있었다. 단지 좀 더 가까이서 보고 싶었다.

이화는 파란이 이렇게 보란 듯이 그림자들을 끌고 지혜도시로 돌아올 줄은 몰랐다. 파란만큼 중앙 정원과 산 그리고 정원지기를 잘 알고 있는 사람도 없었다. 어쩌면 산의 제사가 일어날 날을 미리 예측했을 수도 있다. 하지만 다음번은 없어야 했다.

이화가 자리에서 일어났다. 하룻밤을 꼬박 샜지만 아직도 처리해야 할 일들이 많았다. 지혜도시 내에서 최초로 일어난 사고는 도시인들을 큰 충격에 빠뜨렸다. 정원로가 셧다운되어 있었기에 상황을 통제할 수가 없었다. 사고 현장을 본 사람들의 소문과 그것을 찍은 영상들, 이야기들이 마구잡이로 흩뿌려지는 것을 막을 수도 없었다.

"으뜸 정원지기님."

홀로그램이 떴다. 남쪽 정원지기가 수결을 만들어 인사한 뒤 입을 열었다.

"사고 수습은 다 이뤄졌습니다만…… 아무래도 지혜도시에서 일어난 첫 번째 사고다 보니 이와 관련해 도시인들의 불안감이 커지고 있습니다."

예상하지 못한 상황은 아니었다.

"사고에 대한 자료와 뉴스를 막을까요?"

이화가 고개를 저었다.

"아닙니다. 오히려 그럴수록 사람들의 의심에 장작만 넣는 꼴이 될 겁니다. 최대한 아무렇지 않게 보도하도록 하세요. 이 사고는 첫 단추일 뿐입니다."

"첫 단추라니요?"

"그림자들은 자신들의 존재를 알리려 이런 사고를 계획했을 겁니다. 생각해 보세요. 이 사고로 그림자들이 얻은 게 무엇인지. 만약 저들이 지혜도시 내에서 지금처럼 몰래 기생하려 했다면 굳이 이런 사고를 일으킬 필요가 없었어요. 하지만 그들은 보란 듯이 사고를 만들었지요. 저들이 원하는 것은 현상 유지가 아닙니다."

"그렇다면 도대체 무엇을 바라는 걸까요?"

"사고 그 자체. 그게 저들이 보내는 메시지입니다."

이화가 말을 이었다.

"지혜도시의 정원과 산은 완벽하지 않다, 우리는 이것의 허점을 알고 있다. 그런 메시지 말입니다."

남쪽 정원지기가 훅 숨을 들이마셨다. 그의 손이 가볍게 떨리는 게 홀로그램으로도 충분히 보였다.

지금까지 지혜도시는 산과 정원 덕에 완벽하게 운영되었다. 사람들은 산과 정원이 도시를 다루는 방식에 익숙해졌고 곧 편안함을 느꼈다. 정원에 맡기면 아무 생각하지 않아도 됐으니까. 그렇게 정원이 인간의 자리를 자연스럽고 편안하게 대체했고 사람들도 모두 만족했다.

"아마 사람들도 깨달았을 겁니다. 직접적으로 말은 하지 않아도 다들 마음 어디선가 의구심이 들기 시작하겠죠."

자라난 의심은 뽑아도 뽑아도 금방 다시 고개를 쳐든다.

"그러니 우리는 좀 더 세련된 방식으로 저들을 공격해야 합니다. 다시는 지혜도시 내에 그런 불온한 이야기가 퍼지지 않도록 말이죠."

"예. 그럼 일단 조사관들을 통해 그림자들의 움직임을 파악할 수 있도록 하겠습니다."

"네, 부탁드려요."

"아…… 혹시 여래 님 일은 처리되었습니까?"

훅 들어온 질문에 이화가 관자놀이를 눌렀다. 여래가 그렇게 지혜도시를 빠져나간 건 이화의 계획에는 없던 일이었다.

"아직입니다. 어떤 루트를 통해 나갔는지 파악이 되지 않아서."

"으뜸 정원지기님께서도 염려가 크시겠습니다. 하필이면……."

이화는 그 말에 다른 감정이 깃들어 있다는 걸 금방 눈치챘다. 어린 나이에 산의 축복을 받은 여래는 이화의 뒤를 이어 으뜸 정원지기의 자리에 오를 유일한 유망주였다. 하지만 이제는 다른 정원지기들에게도 으뜸 정원지기의 자리를 넘볼 수 있는 기회가 생긴 것이다. 아마 여래가 다시 돌아온다고 해도 다른 정원지기들은 여래의 믿음을 의심할 게 분명했다.

"그림자들도 알고 있는 거겠지요. 지혜도시를 흔들려면 중심을 흔들어야 한다는 것을. 그렇기에 차기 으뜸 정원지기를 데려간 것이 아니겠습니까?"

이화도 여래가 뭔가를 꾸미고 있다는 건 눈치챘었지만

이 정도 수준의 일을 계획하고 있을 줄은 몰랐다. 일단 다른 이들은 여래가 스스로 지혜도시를 나갔다는 사실을 알지 못했다. 이화 역시 여래가 자신에게 남겨 둔 메시지를 보고 알 수 있었다. 의심을 살 수 있겠지만 대외적으로는 여래가 그림자들에게 납치를 당한 거라고 공표했다. 이번 사건이 잘 끝나기만 하면 그림자들을 궤멸시키는 데 여래의 도움이 컸다고 소문을 흘릴 생각이었다. 그럼 오히려 전화위복이 될 수도 있었다.

"그림자들도 생각이라는 게 있다면 여래를 해하지는 않을 겁니다. 그리고 으뜸 정원지기인 나에겐 사적인 일보단 이 지혜도시를 지키는 것이 더욱 중요합니다."

이화의 말에 남쪽 정원지기가 감동 받았다는 듯 고개를 끄덕였다.

"항상 지혜도시를 먼저 생각하시는군요. 그렇다면 저도 남은 흔적들이 있는지 계속 조사하겠습니다. 그림자들의 흔적을 찾는다면 여래 님이 어디 있는지도 알아낼 수 있을 테니까요."

"예, 믿고 있겠습니다. 수고해 주세요."

"그럼 항상 산의 숨결이 함께하시길."

그 말과 함께 남쪽 정원지기의 모습이 사라졌다.

"하아."

이화가 깊은숨을 내뱉었다. 정원지기 중에서도 이번 사고의 원인을 아는 이가 아무도 없었다.

이건 그림자만의 문제가 아니었다. 이 정도 규모가 아니어도 지혜도시 내에 사고가 나면 산이 으레 먼저 나서야 했다. 그렇기에 지금까지 지혜도시가 세상에서 제일 안전한 도시라는 타이틀을 지킬 수 있었던 거였다. 사고가 난다고 해도 산이 바로 모든 상황을 취합하고 예측해 지혜도시를 지킬 방안을 내려 주었으니까. 하지만 산은 아무 조치도 취하지 않았다.

"어째서……."

이화가 창문에 비친 산을 바라보았다. 아래로 쭉 이어져 있는 산의 능선이 눈에 들어왔다. 마치 이쪽을 엿보고 있는 것 같았다. 이 사태에 이화가 어떻게 나올지 궁금하다는 듯.

지혜도시는 산의 보호를 받지만 단 한 번도 산의 의중을 읽어 낸 적은 없었다. 산이 앞으로 어떤 계획을 갖고 있는지, 자신들을 어떤 방향으로 이끌어 나갈지 누구도 알 수 없었다. 그래서 산의 진짜 모습을 볼 수 있는 눈이 여래에게 주어졌을 때 이화는 뛸 듯이 기뻤다. 산의 마음을 읽고 우리에게 그 뜻을 전달할 수 있는 사람이 생겼다는 건 일종의 계시였다. 네 딸을 자신의 도구로 쓰겠다는 산의 거룩한 말씀.

그래서 이화는 모든 것을 부족함 없이 준비했다. 여래를 차기 으뜸 정원지기로 올릴 준비를 차근차근 진행했고 여래의 다른 부분에도 산의 축복을 받게 했다. 자신의 손으로 만드는 새로운 세계가 눈앞에 있었다.

자리에서 일어난 이화가 한쪽 벽으로 다가갔다. 붙어 있는 버튼을 누르자 소리도 없이 벽이 열렸다. 벽 너머에는 은은한 푸른빛에 휩싸인 유리관 하나가 있었다. 이화가 유리관을 향해 천천히 다가갔다. 관 안에는 생명 유지에 필요한 영양소들이 들어 있는 액체가 가득 차 있었다. 그리고 그 안에는 눈을 감은 채 잠든 여울이 있었다.

산의 축복을 받은 영혼이자 산의 영혼을 가질 수 있는 아이. 여울의 상태를 확인한 순간, 이화는 자신이 무엇을 해야 하는지 바로 알아차렸다. 파란이 여울을 죽이려고 했던 이유도. 파란 역시 이 아이의 영혼에 산의 축복이 깃들었다는 걸 알고 있던 모양이다. 그래서 차라리 이 아이를 죽여 더 이상 영혼에 산이 깃들지 못하게 하려 했을 터였다. 하지만 이화는 그렇게 두지 않을 거였다. 절대 놓칠 수 없었다.

이제 이화의 손에는 두 가지 열쇠가 들려 있었다. 산 그 자체를 영혼에 담아낼 수 있는 여울과 산의 진짜 모습을 볼 수 있는 여래. 지금까지는 육체에만 깃든 산의 축복을, 눈 앞의 이 아이를 통해서라면 영혼에 깃들게 할 수 있었다. 생각만 해도 온몸에 전류가 흐르는 것 같았다.

산이 어떤 계획을 갖고 있는지, 어떤 미래를 봤는지는 이제 상관없었다. 산의 조각을 손에 쥔다면 그걸로 다시 새 로운 산을 만들 수 있었으니까.

이화가 잠들어 있는 여울을 보았다.

"나는 네 영혼을 잃을 생각이 없단다."

가장 좋은 방법은 지금 그대로 여울을 살려 내는 거였다. 하지만 그게 여의치 않다고 해도 두 번째 방법이 있었다.

＊

대초원의 밤은 늘 불이 켜져 있는 지혜도시의 밤보다 훨 씬 어두웠다. 사유는 위로 난 동그란 창문을 노려보며 숨을 고르게 내쉬려고 노력했다. 하지만 아무리 숨을 쉬어도 어 딘가 턱 막히는 기분이 들었다. 숨을 들이마셔도 그저 계속 해서 공기가 빠져나가는 느낌.

"여울아."

사유는 당장 여울이 보고 싶었다. 여울에게 미안하다고 해야 했다.

아무것도 모른 채 산의 노래를 외웠고 산의 축복을 받았다. 그게 여울에게 영향을 끼칠 거라고 상상하지 못했다. 몸에 흔적이 남는 건 아무래도 좋았다. 그건 사유가 스스로 선택한 일이었으니까. 하지만 여울을 위험에 빠뜨렸다는 자책감에 잠이 오지 않았다. 사유가 흐르는 눈물을 닦으며 겨우 침대에서 일어났다. 편하게 잠들 수 없을 것 같았다. 사유가 의자에 걸쳐진 오래된 숄을 집어 들었다. 언제나 완벽하게 온도가 조절되는 지혜도시와는 달리 이곳은 일교차가 심했다.

복도로 나가자 나무 바닥이 발을 디딜 때마다 삐걱대는 소리를 냈다. 사유의 방은 복도 가장 끝 쪽이었다. 복도 하나만 돌아 나가면 바깥과 바로 연결이 되어 있었다. 사유가 가만히 문을 열었다. 건조한 바람이 사유의 머리칼을 스쳤다. 살짝 높은 지대로 연결된 문인지, 아래로 펼쳐진 갈대밭이 파도처럼 일렁이는 게 보였다.

언제가 본 적 있는 광경이었다. 지혜도시로 처음 들어오던 날, 모두가 잠들어 있던 그 기차 안에서 본 풍경이었다.

달빛에 일렁이는 갈댓잎이 그때는 파도의 반짝임인 줄로
만 알았다.

"바다를 건너온 줄 알았는데 아니었구나."

그때 멈췄다면 얼마나 좋았을까. 또 후회가 들었다. 아
예 이 지혜도시에 발을 들이지 않았더라면 여울이 이렇게
될 일도 없었을지 모른다. 사유가 제 어깨를 꽉 끌어당겼
다. 하지만 몸의 떨림은 줄지 않았다.

가만히 숨을 내뱉는 사유 뒤로 누군가 모습을 드러냈다.

"사유야."

살짝 놀란 사유가 고개를 돌리자 어두운 밤하늘을 배경
으로 파란의 흰 머리칼이 날리고 있었다.

"방에 없길래 여기 나와 있을 거라고 생각했다."

사유가 얼른 눈물을 닦았다. 파란이 괜찮다는 듯 고개를
끄덕였다.

"울어도 돼. 참으면 계속 안에 쌓이거든. 그럼 언제 터질
지 몰라서 더 위험해."

그 말에는 많은 감정이 묻어 있었다. 사유가 손에 얼굴
을 묻었다. 옆에 앉은 파란이 사유의 어깨에 가볍게 손을
올렸다.

"결국 내가 여울이를 그렇게 만든 셈이잖아요. 여울이를

데리고 이곳에 온 것도 나고, 산의 축복을 받은 것도 나예요. 정원지기들이 여울이를 노리도록 만든 게, 나란 말이에요. 다른 사람도 아닌 내가…….”

그런 사유의 손을 파란이 세게 붙잡았다. 저릿할 정도의 악력에 사유가 고개를 들었다. 타오르는 파란의 눈동자와 마주쳤다.

“너 때문이 아니야.”

파란의 목소리에는 확신이 깃들어 있었다.

“내가 말했잖아. 그 사고를 일으킨 건 나고, 그 상황을 만들어 낸 건 이 산과 지혜도시야.”

파란이 눈도 깜박이지 않고 사유에게 다시 말했다.

“언제든 말해 줄게. 여울이를 위험에 빠뜨린 건 네가 아니라고.”

흔들리는 사유의 눈동자를 보며 파란이 말했다.

“여기서 네 탓은 없어. 너는 언제나 최선의 선택을 했어, 사유야.”

그제야 사유는 파란이 왜 먼저 나서서 여울의 사고를 자신이 일으켰다고 말했는지 이해할 수 있었다.

“일부러 저에게 여울이를 죽이려 했다고 말했던 거죠? 내가 자책하지 않도록.”

사유의 말에 파란이 슬쩍 어깨를 으쓱였다.

"똑똑하구나. 하긴 그러니까 어린 나이에 바깥에서 지혜 도시로 들어왔겠지."

"들어오지 말았어야 했어요."

"자책하지 말래도. 자책은 우리를 가장 나약하게 만들어. 그리고 저들이 가장 원하는 게 그거야."

사유는 파란이 해 줬던 이야기를 떠올렸다.

"파란 씨는…… 그 사람이 죽고 나서 어땠어요?"

파란이 너른 갈대밭을 보며 천천히 입을 열었다.

"난 그 사람의 죽음에 대해서 몇 년이나 고민하고 방황했어. 왜 그렇게 죽었는지도 몰랐지. 왜, 어째서, 뭐가 문제였지? 역시 내가 문제였을까?"

그렇게 말하는 파란의 눈동자는 아직까지도 후회에 잠겨 있는 듯했다.

"내가 조금 더 미래를 돌봤더라면, 미래가 하는 말을 더 신경 써서 들었더라면. 내가 할 수 있는 상상은 한도 끝도 없었지. 하지만 그 많은 상상을 해 봐도 결국 내 앞에 있는 결말은 하나였어."

파란은 매일 밤 잠드는 게 두려웠다. 꿈에서는 아직 미래가 있었으니까. 깨고 나면 미래가 자신의 옆에 없다는 것이 더욱 느껴져서 정말 죽어 버릴 것만 같았다.

"받아들이지 않으면 다른 선택지는 없었으니까. 그래도 남은 건 하나 있어. 내 나머지 인생을 모두 걸 만큼 나는 미래를 소중히 생각했다는 거. 그거 하나만큼은 확실했지."

나머지 모든 인생을, 다시는 볼 수도 없는 어떤 사람에 대한 그리움과 소중함만으로 채워 가려면 어떤 마음가짐이 필요한지 사유는 짐작할 수 없었다.

"너는 나와 같은 고민을 할 필요가 없어. 그리고 아직 여울이를 살릴 방법이 있다. 그게 그때의 나와 지금의 네가 다른 지점이야."

사유가 고개를 끄덕였다.

"여울이는 날 믿는다고 했어요. 내가 언젠가는 자기를 이해하게 될 거라고. 직접 여울이에게 이야기하고 싶어요. 믿고 이해한다고. 그러니 함께하자고."

사유의 이야기가 멈췄다. 차오르는 눈물을 겨우 막은 사유가 웃었다.

"나와 여울이가 굳이 그런 위험한 방법을 선택한 건 산의 축복을 떼어 낼 방법이 그것밖에는 없었기 때문이야."

파란이 바지를 슬쩍 걷어 올렸다. 그러자 옅게 초록빛 흔적이 남은 피부가 보였다.

"이건……."

"내가 정원지기로 활동했을 때 나는 산의 축복을 이곳에 받았지. 물론 그때는 정원지기라는 말도 없었지만."

"새로운 몸을 붙인 건가요?"

"응. 어차피 그 전 몸도 내 것은 아니었어. 미래가 만들어 준 인공 육체였지. 산의 축복을 없애려면 그 부위를 아예 드러내야만 해. 하지만 영혼은 그럴 수가 없잖아. 그래서 아예 육체와 정신을 분리해 두려고 했지."

"사고를 통해서요?"

"그래."

"하지만 파란 씨의 계획대로면 분리된 여울의 영혼은 어디로 가는 거죠?"

"내가 말했잖아. 난 인공 육체와 지능 그리고 인공 인격을 만들어 내는 곳에 있었다고."

그 말에 사유가 설마 하는 얼굴로 바라보았다.

"중앙 정원에 내가 만들었던 인공 육체들이 있어. 지금 남아 있는 사람 중 그걸 아는 사람은 아무도 없을 거야. 정원지기들도 몰라. 그걸 이용하려고 했어."

"그럼……."

파란이 무겁게 고개를 끄덕였다.

"선택지가 많지 않으니까. 여울이는 해 볼 수 있는 건 다 해 보자고 했어. 인공 육체에 자신의 정신을 옮겨도 좋다고. 아마 너라도 그랬을 거라고 하던데."

그 말에 사유가 잠깐 눈을 감았다. 뭐라고 대답해야 할지 알 수 없었다. 그렇게 말했을 여울의 심정이 전부 이해됐다. 분명 그랬을 것이다. 자신이 여울의 입장이었어도 할 수 있는 건 다 했을 거고 지푸라기라도 잡으려 노력했을 것이다.

숨을 고른 사유에게 파란이 물었다.

"혹시 산의 축복을 받기 이전에도 중앙 정원에 들어간 적 있어?"

"네. 그전에도 몇 번…… 아, 집에서 여래와 함께 산의 노래를 배운 적도 있어요."

"그래서였나."

"왜요? 혹시 그것도 문제가 있었나요?"

그렇게 묻는 사유의 목소리가 떨렸다.

"여울이가 받은 산의 축복이 사실은 너에게 깃들었어야 했던 거라는 걸 알곤 조금 생각해 봤어. 아무래도 쌍둥이라 너와 여울이는 이어져 있는 것 같아서. 아마 지금까지 사유네가 산에 들어가거나 산의 노래를 암송했을 때마다 받은 에너지가 여울이에게도 영향을 끼쳤을 거야."

"설마."

"혼수상태에 빠져 있긴 했지만 여울이 역시 느꼈겠지. 자신이 달라지고 있다는 걸."

사유가 모두 함께 있던 방에서 산의 노래를 불렀을 때를 떠올렸다.

"딱 한 번, 여울이가 손가락을 움직인 적이 있어요. 산의 노래를 불렀을 때인데, 그래서 난 산의 기운이 여울이를 정말 혼수상태에서 깨어나게 할 수 있다고 생각했는데……."

어쩌면 그건 사유에게 보내는 여울의 마지막 구조 신호 였을지도 모른다. 그것도 모르고 전혀 다른 뜻으로 받아들이고 말았다. 고개를 숙인 사유의 귀에 파란의 단호한 목소리가 들렸다.

"사유, 내가 뭐라고 했지?"

그 말에 사유가 겨우 다시 고개를 들었다. 그렁그렁 어린 눈물을 닦아 낸 사유가 대답했다.

"내 탓이 아니라고요."

"네가 해야 할 일은 정해져 있어. 정원지기로부터 여울이를 구하는 거지. 아마 저들도 산의 영혼을 담을 수 있는 그릇을 절대 놓치고 싶어 하지 않을 거야. 특히 으뜸 정원지기인 이화라면 말이야."

두 사람은 시선을 들어 저 멀리 밤안개처럼 펼쳐진 지혜
도시의 모습을 바라보았다. 분명 눈을 가리고는 있지만 잡
으려고 하면 실체가 없이 사라지는 안개처럼 산을 향한 맹
목적인 믿음이 도시를 단단히 휘감고 있었다.

바람이 불었다. 중앙 정원에서 불어오는 불온한 바람이
었다.

"그리고 나에게는 계속 변화하는 산으로부터 지혜도시
와 도시인들을 구해야 한다는 목표가 있어."

"산은 늘 변하는 거 아닌가요?"

"그렇긴 하지만 문제는 내가 보았던 미래대로 변하고 있
다는 거지. 산은…… 어쩌면 지혜도시의 끝을 바라고 있는
지도 몰라."

"지혜도시의 끝이라니요?"

"지혜도시는 완벽하게 산의 지배를 받고 있잖아. 산이
마음만 먹으면 지혜도시의 멸망을 가져올 수 있지. 그리고
어쩌면 그걸 계획한 건지도 몰라."

"그게 무슨 말씀이세요?"

파란이 잠깐 머뭇거리다 말을 이었다.

"산은 지혜도시의 신이지. 그리고 신의 속성은 창조와

종말이야. 하지만 인간의 손에 만들어진 신이 제 맘에 드는 창조를 할 수 있을 거라고 보니?"

여래가 고개를 저었다.

"그러니 산에게 남은 가장 흥미로운 분야는 곧 인류의 종말인 거야."

파란이 천천히 이야기를 이었다.

"내가 지혜도시에서 나오기 전에 봤어. 산이 끊임없이 되풀이하던 시뮬레이션 말이야."

그건 하나의 작은 세계였다. 물론 가상공간에 만든 세계였지만 인공 지능과 인공 인격으로 만들어진 산에게는 현실이나 가상공간이나 다를 바가 없었다. 다만 현실에서는 안 된다는 룰을 인간이 만들어 두었으니 그것을 기계적으로 따랐을 뿐이었다.

"지혜도시의 모든 데이터는 산이 가지고 있었으니까. 가상공간 안에 지혜도시를 똑 닮은 가짜 도시 하나를 만드는 건 일도 아니었겠지."

처음에 파란은 산이 지혜도시를 어떤 식으로 개발할지 시뮬레이션을 돌리고 있다고 생각했다. 가상공간 안에 세워진 지혜도시는 지금보다 훨씬 더 아름답고 완벽해 보였으니까. 하지만 시뮬레이션 결과는 충격적이었다. 도시는 완전히 망해 있었고 살아남은 생명체는 하나도 없었다. 풀 한 포기 남아 있지 않은 완벽한 종말이었다.

"처음엔 산이 뭔가 계산을 잘못했다고 생각했지. 그렇잖아, 누구나 실수할 수 있잖아."

하지만 산은 '누구나'에 들어가지 않는다는 걸, 파란은 뒤늦게 알아차렸다. 산은 실수를 할 수 있는 존재가 아니었다. 산이 하는 선택은 이미 그 안에서 수백, 수천, 수만 번의 연산을 끝낸 결과였다.

"산은 계속해서 도시들을 만들어 냈어. 그리고 자신이 만든 모든 도시를 멸망시켰지. 하나도 빠짐없이 매번 다른 방법으로. 물론 내가 지혜도시를 떠난 이후 산이 어떤 시뮬레이션을 돌렸는지는 몰라. 하지만 그게 도시인들의 믿음과 정반대일 거라는 것 정도는 짐작할 수 있었지."

어둠 속 지혜도시를 파란이 멀리 바라보았다.

"산은…… 인간이 아니야. 이해를 바랄 수가 없는 새로운 종이지."

"그럼 도시인들도 전부 죽는다는 말씀이신가요?"

"만약 정말로 산이 그런 미래를 선택했다면, 그렇게 되겠지."

"그럼 당장 모두에게 이걸 알려야……."

"알리면? 내가 그걸 시도하지 않았을 것 같아?"

파란의 말에 사유의 얼굴이 굳었다.

"아무도 내가 하는 말을 믿지 않았어. 정원지기도, 도시 인들도 전부. 난 지혜도시를 망하게 하려는 그림자잖아. 사 유, 너였다면 어땠을 것 같아? 네가 도시인으로 살았을 때, 누군가 갑자기 이런 소리를 했다면."

"저였어도…… 믿지 않았겠죠."

"그때는 그러지 못했지만 이제는 정말 설득해야 해. 산 은 결코 인간의 편이 아니라고. 산이 수없이 되풀이한 종말 의 시뮬레이션 파일이 있어. 이걸 모든 도시인에게 알리려 고 해. 물론 일단 여울이를 구하는 게 먼저지만."

파란이 사유를 보았다.

"일단 중요한 건, 계속 살아남는 거야. 이 모든 일에도 불 구하고. 알겠지?"

사유가 고개를 끄덕였다.

"네, 살아남을게요."

진노의 날

"다시 해 봐요."

부드럽지만 단호한 차밀의 목소리에 사유와 여래가 서로를 머쓱하게 바라보았다. 벌써 일주일째 연습이 이어지고 있었다. 하지만 아직도 차밀의 엄격한 기준에는 들지 못했다. 차밀이 가지고 있는 기기를 들여다보며 말했다.

"둘 다 아직 미끼체를 완벽하게 다루지 못해요. 그래서 정원 내부에 계속 잡히는 거고요. 지혜도시 내에 들어서면 가장 먼저 정원로의 감시를 뚫어야 하는데, 이래서야 들어서자마자 내가 어디 있는지 알리는 꼴이잖아요."

차밀의 목소리는 부드러웠지만 내용은 그렇지 못했다.

"조금만 쉬었다가 다시 하면 안 될까요?"

사유의 말에 차밀이 고개를 끄덕였다.

"쉬었다가 다시 하죠."

연습실 바깥으로 나가는 차밀을 보고 여래가 바닥에 드러누웠다. 이렇게 연습이 고될 줄 몰랐다.

"지혜도시로 들어가기 전에 다 배울 수 있을까?"

걱정하는 사유를 여래가 다독거렸다.

"파란 씨도 말했잖아. 우리가 할 수 있는 것만 잘 해내면 돼."

"하지만 계속 걱정돼. 여울이를 이런 상황에 빠뜨리게 만든 것도 난데 여울이를 구하지 못하면 난 정말……."

"사유야."

여래가 사유를 끌어안았다. 단단한 여래의 품 안에서는 아직도 숲의 향기가 났다.

잠시 생각하던 여래가 입을 열었다.

"미안해."

여래의 말에 사유가 눈을 들었다. 여래의 진녹색 눈동자는 어둡게 가라앉아 있었다. 여래가 천천히 말을 이었다.

"내가 지혜도시를 떠나기 위해 너를 대신 정원지기로 앉히려는 생각만 하지 않았어도 이렇게 되지는 않았을 텐데."

여래의 말을 들은 사유가 천천히 고개를 내저었다.

"아니야."

말을 더하려는 여래의 손을 사유가 가만히 붙잡았다.

"파란 씨가 그랬어. 우리는 각자의 자리에서 최선의 선택을 했을 뿐이라고. 나 역시 그렇게 생각해. 그리고 우린 지금도 최선의 선택을 하려고 노력하는 중이잖아. 그렇지?"

사유의 말에 여래가 미소를 지었다.

"맞아, 나는 지금도 최선의 선택을 하려고 노력 중이지. 그리고……."

잠깐 머뭇거리던 여래가 다시 입을 열었다.

"사유, 너에게도 최선인 선택을 하고 싶어."

"나도 마찬가지야."

여래가 아니었다면 누구든 여울을 이용하려고 했을 것이다. 그건 사유와 여울이 지혜도시에 오기로 결정했을 때부터 정해진 미래였다. 사유는 아무것도 모른 채 여울을 잃는 것보다 오히려 이게 더 낫다고 생각했다. 만약 여래가 아니었다면 다른 정원지기의 교묘한 수에 여울을 잃고도 몰랐을 수도 있었다. 언더그라운드의 다른 사람들이 그랬던 것처럼.

"너라서 다행이라는 생각도 했어. 이렇게 표현하는 게

맞는 건지는 잘 모르겠지만……."

그렇게 말하는 사유를 여래가 덜컥 끌어안았다. 여래가
느끼는 안도감이 사유에게도 전해졌다. 맞닿은 피부와 이
마, 얽힌 손가락 사이로 전해지는 서로의 감정.

"앞으로도 잘 부탁해, 여래야."

산은 언제나 똑같았다. 보는 사람을 압도하고도 남을 만
큼 넘실대는 에너지와 새파란 색. 한 발이라도 잘못 디뎠다
간 온몸이 새파랗게 물들 것만 같은 위화감이 감돌았다.

눅진한 바람이 불어와 이화의 머리칼을 쓸고 지나갔다.
자리에 선 이화는 그런 산을 가만히 노려보았다. 그런다고
해서 달라지는 것은 없었다. 지혜도시가 세워진 땅도, 그 위
에 자라난 풀도, 세워진 건물도, 흐르는 바람도, 그 모든 것
을 계획하고 관리하는 정원도. 모두 산의 것이었다. 지혜도
시가 지금껏 누려온 것과 지상 낙원이라고 불릴 수 있었던
건 모두 산 덕분이었다. 하지만 이제는 상황이 달라졌다.

이화가 오래된 컨테이너 안으로 들어갔다. 어둠 속에서
보이는 것은 눈을 감은 채 서 있는 수십의 사람들이었다.
이화는 잠들어 있는 얼굴들을 가만히 들여다보았다.

컨테이너 안의 사람들은 테바연구소의 인공 지능과 인

공 육체에 관한 연구의 후속작이었다. 그렇게 만들어진 인공 인간들은 진짜 사람과 똑같아 보였다. 진짜 사람의 몸에 덧붙이려고 만든 육체였으니 외견상 차이점이 없는 건 당연했다.

그리고 파란이 만든 인공 인격. 다른 연구원들이 그저 조립품처럼 나눠진 성격들을 배합해 인공 인격을 만들었다면 파란은 자신이 만든 인격 하나하나에 이야기와 환경, 꿈과 상상을 집어넣었다. 알음알음 찾아온 의뢰인들도 파란의 인공 인격에 많은 관심을 보였다.

하지만 결국 파란도 이 산을 전부 읽어 내지는 못했다.

"결국 마지막까지 남은 건 나야. 지금도, 앞으로도."

파란이 정원지기의 자리를 버리고 지혜도시를 떠났을 때, 파란은 이화에게 뜻 모를 소리를 남겼다.

'산을 잘 지켜봐야 해. 어떻게 변화할지 모르니까. 그리고 그 변화가 지혜도시의 번영만을 가져다주진 않을지도 몰라.'

그때 이화는 파란의 그 말을 귀담아듣지 않았다. 하지만 정원지기에 오른 후, 그 말은 계속해서 이화의 머릿속 어딘가에 들러붙어 있었다. 그리고 지금, 어쩌면 파란이 했던 말이 맞을지도 모르는 상황에서 이화는 자신이 맞다는 걸

증명하기 위해 고군분투하고 있었다. 이화는 이제 파란에게 똑똑히 보여 줄 참이었다. 파란이 택한 쪽이 지옥이었다는 것을.

"으뜸 정원지기님!"

급박한 목소리가 이화의 귀청을 때렸다. 그러나 이화의 표정은 변하지 않았다. 놀라는 건 한 번이면 족했다.

"듣고 있습니다. 보고하세요."

"이상 징후가 잡혔습니다. 근데……."

"뭔가요?"

"지혜도시 곳곳에서 징후가 한꺼번에 잡히고 있습니다. 최소 다섯 곳에서 동시다발적으로 그림자들이 침범하고 있습니다."

이화는 진짜 그림자들의 숫자가 그렇게 많지는 않을 거라고 생각했다. 아마 대부분 저들이 만들어 낸 미끼체일 가능성이 높았다. 이곳저곳으로 시선을 분산시킨 후 진짜를 움직일 생각이라는 건 보지 않아도 훤했다.

"2단계 대응 경보 발령합니다. 각자 위치에서 그림자들을 상대해 주십시오. 그중 보고해야 할 상황이 있으면 각 장소에 파견된 정원지기들을 통해 보고하십시오."

"네, 알겠습니다!"

다른 정원지기들 역시 모두 연락을 받았을 테니 이화는 바로 정원지기들의 의식을 연결했다. 저번처럼 정원이 다운되더라도 정원지기들끼리는 상황을 주고받을 수 있도록 아예 의식을 연결하는 방법을 선택했다. 그러자 곧 머릿속에 다른 정원지기들의 시야가 펼쳐졌다. 이화가 재빨리 상황을 파악했다. 몇 개의 정원이 중첩되어 오류가 나기 쉬운 부분을 그림자들이 공격하는 게 보였다.

"저번과 비슷한 방법을 사용하는군."

그렇게 오류를 일으켜 정원을 다운시키면 다른 미끼체들을 한 번에 지혜도시 안으로 보낼 작정인 듯했다.

그러나 자신을 부르는 남동쪽 정원지기의 말에 이화는 파란이 자신의 예상과는 다른 계획을 들고 왔다는 것을 깨달았다.

"이화 님!"

사방을 한꺼번에 공격하기 시작하는 미끼체. 그들의 모습은 전부 여래를 닮아 있었다.

이화가 소리쳤다.

"말도 안 돼!"

이번에도 그림자들이 미끼체를 이용해 공격할 거라는 사실은 짐작하고 있었다. 그러나 미끼체로 설정된 것이 여래라면, 상황은 달라진다.

저번 사건은 그림자들이 먼저 지혜도시를 공격해 벌어진 사건이었다. 물론 정원이 완벽하지 않다는 점을 알리게 된 것은 유감이었지만 그래도 그럴듯하게 둘러댈 수는 있었다. 본디 지혜도시에 머물다가 쫓겨난 그림자들이 자신들이 알고 있는 지식을 동원해 정원을 다운시켰다는 뉴스를 보통의 도시인들이라면 전부 믿었다. 지혜도시에 사는 것을 특권으로 여기는 도시인들이었으니, 밖으로 쫓겨난 이들이 앙심을 품고 지혜도시를 어떻게든 흠집 내 보고자 하는 사건으로 몰아가자 다들 쉽게 이해했다.

하지만 이번에는 달랐다. 도시인이라면 누구든 여래를 알았다. 현 으뜸 정원지기의 딸이자 차기 으뜸 정원지기가 될 사람. 그리고 가장 어린 나이에 산의 축복을 받은 아이. 여래는 그야말로 지혜도시를 대표하는 인물이나 마찬가지였다. 그런 여래가 그림자들과 함께 정원을 공격하는 걸 다른 도시인들이 본다면, 그거야말로 큰일이었다.

그리고 여래는 누구보다도 자신이 가져올 파급력을 아주 잘 알고 있었다.

"이, 이건……."

맡은 구역에 파견된 모든 정원지기의 귀를 통해 여래의

목소리가 이화에게 전해졌다.

"산의 기운이 느껴지는 생물체가……."

"정원로가 컨트롤되지 않습니다. 공격을 중지하고 있습니다."

"보호 모드! 보호 모드!"

지혜도시 곳곳에 있는 정원지기들의 목소리가 한 번에 이화의 머릿속에 흘러 들어왔다. 그 목소리에는 전부 당혹감이 어려 있었다.

"도대체 무슨 일입니까!"

이화의 질문에도 정원지기들의 대답은 돌아오지 않았다. 아니, 정확히 말하면 돌아오지 못했다.

곳곳에서 날아오른 초록색 물체가 정원지기들이 만들어 놓은 정원의 경계를 뚫었다. 그것을 본 이화의 얼굴이 굳었다. 너무나 익숙한 초록색. 이화가 곧바로 자신의 정원을 불렀다.

"지금 외부인들이 침입한 모든 지역을 전부 띄워."

이화의 말에 지혜도시의 지도와 함께 현재 정원에서 식별된 외부인들의 모습이 눈앞에 펼쳐지기 시작했다.

하나, 둘, 셋, 넷……. 곧 지도를 모두 채울 정도로 많은 영상이 빼곡하게 떴다. 이화의 눈썹이 가늘게 흔들렸다.

그러나 미묘한 움직임의 차이, 시선을 처리하는 방법을 보고 진짜와 가짜의 차이를 알 수 있었다. 이화의 시선이 한 곳을 향했다.

이화가 구역명을 외쳤다.

"Q-24."

곧바로 정원에서 응답이 돌아왔다.

"Q-24와 연결하겠습니다. 이동합니다."

＊

"여래야."

고개를 든 여래와 사유의 시선이 마주쳤다.

지혜도시 침입 작전을 개시하기까지는 단 오 분의 시간이 남아 있었다. 여래의 진녹색 눈동자에 낯선 긴장감이 가득 차 있었다. 보호 슈트를 착용한 여래의 모습은 평소와는 전혀 달랐다.

"괜찮아?"

사유의 물음에는 많은 감정이 깃들어 있었다. 이 싸움에 여래가 나선다는 건 지혜도시를 지키는 어머니에게 정면으로 반기를 든다는 것과 마찬가지였다. 여래가 씁쓸한 미소를 지었다.

"지금까지 난 괜찮았던 적 한 번도 없어. 괜찮아지려고 이 일에 뛰어든 거야."

"괜찮아질 거야."

사유는 겨우 그 말만을 건넸다.

"최선을 다하자. 더 이상 후회 같은 건 없도록."

여래의 말에 사유가 고개를 끄덕였다.

"자."

여래가 내민 손을 사유가 꽉 잡았다. 맞잡은 두 손을 타고 서로의 감정이 전해졌다.

저쪽에서 팀 숫자를 외치는 소리가 들렸다. 최대한 정원을 교란하고 정원지기들의 눈을 속여야 하는 이번 작전은 언더그라운드에 사는 대부분의 사람이 팀을 이뤄 참가하는 대규모 작전이었다.

여래는 차밀과 함께 바깥에서 정원지기들의 이목을 끄는 역할을 맡았고, 사유와 파란은 중앙 정원으로 들어가 여울을 구하고 자료를 찾아내는 역할을 맡았다.

"잘 다녀와. 다시 만나."

그 말을 남긴 여래가 먼저 사유의 손을 놓았다.

"갈까요?"

차밀의 말에 여래가 고개를 끄덕였다. 동시에 엷은 막이 생성됐다. 파란이 만들어 낸 좌표 이동 장치는 오늘만을 위해 고안되었다. 물론 사용 횟수가 정해져 있어 계속 좌표를 이동할 수는 없었다. 막이 걷히자 너무나 익숙한 광경이 여래의 눈에 들어왔다. 뒤로 보이는 건 너무나 당연하게 펼쳐져 있는 중앙 정원과 산. 순간 여래가 움찔거렸다.

어머니인 이화는 입버릇처럼 말했다. 산이 너의 모든 것이라고. 하지만 대초원에서 살았던 짧은 기간 동안 여래는 산을 까마득히 잊었다. 그곳에서 여래는 도시인들은 모를 해방감을 느꼈다. 한 번도 도시에서 벗어나지 못했기에 이런 것들을 당연하게 생각하고 있을 뿐, 벗어날 수만 있다면 지혜도시의 기이함을 느낄 수 있을 거였다. 단 한 번이라도 도시인들에게 다른 세상도 있다는 것을 알려 준다면 이 작전은 성공한 것이나 다름없었다.

이 도시는 산을 위해 만들어진 곳이었다. 사람이 사는 곳이 아니라, 산을 위해 사람들이 존재하는 곳이었다. 도시의 존재 의의가 사람이 아닌 산에 있었다. 산을 지키고 떠받고 믿기 위해 존재하는 사람들.

"바로 작전을 시작하죠."

차밀의 말에 여래가 고개를 끄덕였다. 여래가 차밀과 파란에게 배웠던 것을 머릿속에 떠올렸다. 몸에 담긴 산의 축복을 끌어서 형상화하는 작업을 연습했다. 여래가 손을 들어 올렸다. 그러자 등에 흔적처럼 있던 녹색 무늬들이 여래의 팔뚝을 타고 초록색 나비로 변해 사방으로 향했다. 지금 자신이 사용할 수 있는 것 중 가장 정원지기와 지혜도시 사람들의 이목을 끌 수 있는 것이었다.

그러나 여래의 말을 막아서듯 정원의 목소리가 울려 퍼졌다.

"지혜도시 Q-24지구, 외부 침입으로 인해 격리됩니다."

동시에 도시 구역의 사방으로 투명한 벽이 올라왔다.

"여래야."

자신을 향해 날아오는 초록빛 물결에 이화가 저도 모르게 팔을 들어 얼굴을 가렸다. 스쳐 지나가는 날갯짓에 익숙한 기류가 느껴졌다. 이화가 손을 뻗어 제 옆을 지나는 나비를 움켜잡았다. 손안에 녹아드는 초록빛. 그건 산의 에너지였다. 이화는 그제야 저들이 왜 이번 작전에 여래를 앞세웠는지 깨달았다. 여래는 산의 진짜 모습을 볼 수 있는 유일한 사람이었다. 그 말은, 여래를 통해 산의 에너지를 이용할 수만 있다면 지혜도시의 정원으로는 그것을 막아 낼 수 없다는 걸 의미했다. 결국 정원 역시 산에서 나온 것이니, 같은 산의 에너지를 가지고 있는 물체를 공격하지 않을 테니까.

"어머니."

이화가 어딘가 달라진 듯한 여래를 천천히 훑었다.

"네가 하고 싶은 게 이거였니?"

"어머니께서 하고 싶은 건 어떤 것이었나요? 가족과 친구와 고향을 팔아서라도 어머니의 손에 좌지우지되는 도시를 만드는 것?"

여래가 이화를 바라보았다. 언더그라운드에 있으면서 몇 번이나 어머니와 만나는 이 광경을 상상했다. 여래에게도 이건 인생의 전환점이었다.

"네가 그렇게 말할 줄은 몰랐구나. 결국 너도 내가 만들어 나갈 도시의 일부분이 될 텐데. 지금까지 네가 누린 것들은 그냥 공짜로 얻어진 건 줄 알았니?"

"그렇게 말씀하실 줄 알았어요, 어머니라면."

"나는 너를 차기 으뜸 정원지기로 키우려 모든 노력을 기울였어. 지혜도시 안에서 너보다 좋은 대접을 받은 사람은 없을 거야. 그런데도 이런 선택을 한다고?"

"그건 전부 어머니가 원했던 거였죠. 한 번이라도 제게 그런 걸 원하느냐고 물어본 적 있으세요?"

"뭐라고?"

여래가 이화를 바라보았다.

"그건 어머니의 바람이었지 내 바람은 아니었다고요. 산의 축복을 받고 처음으로 눈을 떴을 때, 내가 뭘 처음으로 봤는지 아세요?"

그동안은 한 번도 하지 못했던 이야기들이 여래의 입에서 흘러나왔다.

"그 순간조차 내가 아닌 산을 바라보고 계시던 어머니였어요. 산이 주는 소중함을 알아야 한다고 나를 오 년이나 어둠 속에 두시더니, 내가 처음으로 빛을 본 그 순간조차 어머니는 내가 아닌 산을 보고 계셨잖아요!"

보통의 사람이라면 어떻게 했을까. 여래는 몇 번이나 스스로에게 질문했다.

"정말 물어보고 싶었어요. 어머니는 한 번이라도 산이 아닌 저를 먼저 생각해 본 적 있으세요?"

"도대체 그게 무슨 의미인지 모르겠구나. 너도 잘 알지 않니? 산 없이는 우리는 살아남지 못해. 결국 산을 생각하는 게 우리를 생각하는 거라는 걸 정말 몰라서 이러니?"

여래가 단호하게 고개를 저었다.

"아니요. 어머니는 늘 산이 먼저였죠. 만일 산을 위해 하는 일이 우리에게 피해를 끼친다고 해도 어머니는 그 일을 중단하지 않으실 거잖아요. 어머니가 신경 쓰는 것은 오로지 산뿐이니까."

"그렇다면 너는 왜 이런 일을 하는 거니? 이렇게 내가 피땀 흘려 만들어 놓은 지혜도시를 부수기 위해? 내가 틀렸다는 걸 입증하기 위해? 고작 그걸 위해서 너는 도시와 이 안에 사는 도시인들을 볼모로 붙잡고 있는 거야?"

"지금까지 그들을 볼모로 잡은 건 어머니죠. 한 번도 도시인들에게 선택의 권리를 준 적이 없잖아요. 그저 맹목적인 믿음만 강요했을 뿐."

"그래서 내가 한 번이라도 이 도시를 위험에 빠뜨린 적이 있었어? 다른 도시들이 재해와 재난으로 쓰러질 때 지혜도시가 아무런 타격을 받지 않았던 게 누구 덕분인데. 여래야, 지금까지 있었던 일은 그저 네 치기에 의한 일이라고 생각해 줄 수 있단다. 그러니 이제는 멍청한 짓 그만하고 돌아오렴. 너에게는 네가 해야만 하는 일들이 있잖니."

"산의 뜻을 받아들이는 것 말인가요?"

"그래, 우리를 선택하신 산의 뜻 말이야."

여래가 희미하게 웃었다.

"어머니는 그 산이 무엇인지도 모르시잖아요. 지금까지

그 산의 진짜 모습을 본 건 저밖에 없어요. 제가 산에 대해 사람들에게 이야기하려고 했을 때, 어머니는 아무 말도 하지 못하게 하셨죠. 산의 진짜 모습을 다른 도시인들이 알게 된다면 더 이상 아무도 산을 믿지 않을 것 같으니까요."

"어떻게 그런 모독적인 말을……."

그 말에 여래는 자신이 지금까지 했던 말을 이화가 단 하나도 이해하지 못했다는 생각이 들었다. 여래가 자신의 앞에 서 있는 이화를 보았다. 이글거리는 이화의 시선. 여래는 그제야 처음으로 이화가 자신을 사람으로 봐 준다는 생각이 들었다. 지혜도시 안에서는 한 번도 저런 눈으로 자신을 봐 준 적이 없었다. 그저 잘 키워서 언젠가 써먹을 부속품, 그게 여래가 느껴 왔던 기분이었다.

"저는 물든 게 아닙니다, 어머니. 무덤처럼 쌓여 있던 저 문자들을 보면서 매일 똑같은 생각을 했어요. 도대체 저건 뭐지, 이해할 수도 없는 것을 이렇게 도시의 한복판에 두고 우리의 모든 것을 믿고 맡기고 있잖아요. 이게 올바른 거라고 생각하세요?"

이화가 대답하기 전에 여래가 계속해서 말을 이었다.

"어머니는 정말로 저게 우리를 끝까지 지켜 줄 수 있다고 여기시는 거예요? 진심으로요?"

여래는 더 묻고 싶은 것이 많았다. 그러나 그런 것들을 묻기 전에 다른 쪽에 있던 정원지기가 소리쳤다.

"으뜸 정원지기님, 중앙 정원 안에 외부인이 침입했다고 합니다!"

그 말을 들은 이화의 시선이 곧바로 산을 향했다.

*

사유와 파란은 중앙 정원과 가장 가까운 곳으로 좌표를 찍었다.

더 이상의 기회는 없었다. 미리 도착한 다른 팀들이 최대한 많은 정원지기의 시선을 끌어 주기를 바라는 수밖에 없었다.

"연구소 시절 사용하던 샛길을 통해 중앙 정원으로 들어갈 거다. 일단은 나만 따라와. 중간에 혹시나 도시인들을 만나면 차밀이 준 디바이스를 사용하고."

"네."

"우리의 목표는 여울이와 자료를 구하는 거다. 만약 네가 먼저 여울이를 구한다면 바로 이 자리를 빠져나가. 나는 신경 쓰지 말고. 알겠어? 그게 최선의 방법이니까."

사유가 고개를 끄덕였다. 여울을 구할 수 있는 단 한 번의 기회. 머릿속에서 몇 번이나 시뮬레이션을 돌렸는지 모른다.

"아마 정원지기들은 여울이를 최대한 지금의 몸 그대로 살려 두려고 했을 거야. 이미 영혼에 산의 축복이 깃들었다는 사실을 알았을 테니까. 혹시나 예상치 못한 상황이 일어나면 나에게 바로 알려 줘. 알겠지?"

"네."

사유가 고개를 끄덕였다. 동시에 엷은 막이 사라졌다. 중앙 정원으로 들어갈 수 있는 입구가 보였다. 파란이 가지고 있던 키를 가져다 댔다. 그러자 덜컹이는 소리를 내며 문이 열렸다. 테바연구소에서 사용하던 이 뒷문은 화재가 일어나며 묻혀 버린 곳 중 하나였다.

"들어와."

파란의 손짓을 따라 사유도 안으로 들어섰다. 그러자 정원지기들이 사용하는 공간이 눈에 들어왔다. 사유는 눈을 감았다. 이번 작전의 승패는 사유의 손에 달려 있었다. 정원지기들이 정말로 산의 축복을 받은 여울을 완전히 손에 넣는다면 그다음은 언더그라운드를 완전히 없애려고 들 거였으니까.

'여울아.'

사유가 속으로 여울의 이름을 불렀다. 아주 조금이라도 여울의 한 부분이 깨어 있다면 자신에게 단서를 줄 게 분명했다. 그동안 여울과 함께 있었던 쌍둥이의 감이었다.

'내가 널 구하려고 왔어.'

눈을 감으니 산의 노래가 들려왔다. 이쪽과 저쪽, 파도처럼 몰려오는 노랫소리. 수많은 목소리 중에서 사유는 곧 자신이 들어야 할 노래를 찾아냈다.

'키질을 하는 것처럼.'

사유는 여래의 가르침대로 산이 말하는 단어 중에서 원하는 것은 남기고 나머지는 쓸어 버렸다. 몇 번의 키질 끝에 남은 노래들이 사유의 귓가를 울렸다. 그리고 그중 한 자락의 노래가 사유의 눈을 번쩍 뜨게 만들었다.

산의 꿈을 꾸는 아이가 있었네. 아주 멀리, 우리는 꿈과 미래로 이어져 있었지.

꿈과 미래로 이어진 아이. 그건 여울을 뜻하는 말이었다. 사유는 귀를 기울였다. 하지만 사방에서 노래가 들려오는 터라 그게 어디서 흘러오는 건지 방향을 잡는 건 쉬운 일이 아니었다. 게다가 다른 노래들보다 훨씬 느리고 저음이라서 구분하기 어려웠다.

뭔가 이상했다. 여래에게 산의 노래에 대해 배울 때, 오래된 노래일수록 낮고 느리다고 했다. 하지만 여울과 관련된 노래가 오래됐을 리가 없었다. 하지만 지금은 다른 생각을 할 때가 아니었다. 사유가 산의 목소리를 놓치지 않으려 노력하며 움직였다.

"이쪽이에요!"

사유의 움직임을 따라 파란이 뒤를 따랐다.

"여긴⋯⋯."

목소리를 따라 바깥으로 나왔다. 그곳은 사유가 처음 보는 산의 입구였다. 수풀이 우거진 산은 어둠 그 자체였다. 짙게 드리운 그림자와 진한 어둠의 기운이 계속해서 밀어내려고 했지만 사유를 막을 수 없었다.

눈을 감은 채, 사유는 길고 많은 문자를 떠올렸다. 알 수 없는 문자열들 사이를 들어가는 자신의 모습을 떠올렸다. 그러자 희미해진 노랫소리가 다시 들려오기 시작했다.

우리는 그 아이의 모든 걸 기억해. 바람이 불 때 날리던 머리칼의 모양, 조금 빠르게 뛰던 심장박동, 여울이라고 부를 때 움직이던 입 모양⋯⋯.

산의 목소리를 듣고 있으니 여울의 모습이 바로 눈앞에 그려지는 것만 같았다. 자신과 똑같지만 미묘하게 다른 부분들. 산의 노래는 여울의 그 부분들을 정확히 짚어 냈다. 순간 의구심이 들었다. 산은 마치 오랫동안 여울을 지켜본 것 같았다.

산의 노랫소리는 계속해서 이어졌다. 점차 더 빨리, 숨 한 번 내쉴 수도 없게.

반짝이는 눈동자도, 살짝 올라간 입매도, 팔의 각도도, 눈의 색 도…… 혈관의위치도자라나는머리카락의속도도손톱아래의여린 살눈꺼풀의떨림…….

"그만……."

그런다고 산의 노래가 그칠 리는 만무했다.

가장먼저우리가그애를찾았어꿈속에서우린늘함께였지보고싶 었어그애가어떻게생겼는지계속같이있고싶었어그렇게이곳으로 불렀어내가…….

이어지는 속살거림. 산의 목소리에는 즐거움이 잔뜩 묻 어 있었다.

여울이 말하던 산의 꿈은 우연이 아니었다. 정말로 이 산이 여울을 부르고 있던 거였다.

그 아이는 안 된다고 했네. 그러나 우리가 원하는 사랑도 욕망 도 모두 그 아이에게 있었지. 나는 가지고 싶었어.

위아래로 굽이치듯 이어지는 산의 목소리는 천진난만

했고 사랑스러웠다.

하지만 우리는 곧 삼라, 빽빽하게 펼쳐진 세상만큼 넓은 숲의 그물코 하나하나에 맺힌 세계들이 전부 우리의 것이니 이 세계가 안 된다면 저 세계에서, 저 세계가 안 된다면 그다음 세계에서 삼라만상의 우주 안에 우리가 이어질 수 있는 숫자를 찾으면 돼.

그 뒤로 까르륵 이어지는 웃음소리가 들렸다. 삼라만상, 이 모든 세상이 그저 자신의 그물코라고 말하는 어린아이의 목소리는 정말 있는 그대로를 말하는 것 같아 오히려 더욱 기괴했다.

우리는 숫자를 찾았어. 딱 맞는 숫자, 딱 맞는 삼라.

우리는 손을 뻗어 아주 멀리 있는 팔을 움직였지. 잔잔한 물결 위에 새로운 파동이 칠 수 있게.

물방울이 하나 떨어지는 소리가 들렸다. 아무도 신경 쓰지 않을 만한 작은 소리였다.

그렇게 계속 꿈을 꾸게 만들었어. 우리와 항상 함께 있도록. 그리고 이곳으로 불러왔지. 둥그렇게 떨어진 그림자 쏟아진 달처럼 그 아래 자리한 마지막 미소를 네가 봤잖아.

차가운 불안감이 사유의 감은 눈 위를 스쳤다. 둥그렇게 떨어진 그림자, 그건 분명히…….

우리는 그 아이에게 영원을 선물할 생각이었어. 결국 그렇게 우리와 같은 존재가 될 거야. 더 이상 사람이 만들어 낸 인공이 아닌 그 자체로 존재인 우리는 처음과 끝이고 창조와 종말이며 새로운 존재 지능과 인격으로……

어디선가 쾅 하고 무거운 것이 떨어지는 소리가 들렸다. 너무나 익숙한, 사유가 꿈에서 듣던 그 소리였다.

사유가 반사적으로 소리쳤다.

"안 돼, 여울아!"

번쩍 눈을 뜨자 어둠이 깔린 깊은 산림 위로 커다란 무언가가 떨어져 있었다. 빽빽한 나무가 끊어져 가지가 아래로 뚝 떨어져 있었다. 가지를 따라 시선을 올려 보니 움푹 파인 크레이터가 보이는 회색의 달이 보였다. 바로 머리 위에 떠 있는 달의 모습은 너무나도 비현실적이었다. 하지만 그보다도 사유의 눈을 사로잡는 게 있었다. 달이 떨어진 자리 아래에 펼쳐진 파편들. 그때의 사고 현장과 똑같았다. 여울을 혼수상태에 빠뜨렸던 그 사고.

"아니야. 아니라고……."

꿈을 통해서만 만날 수 있었으니 그렇다면 우리는 그 아이에게 길고 긴 꿈을 선물하기로 마음을 먹었다네. 우리가 직접 그 몸에 깃들기 전까지. 그 꿈길을 닳도록 찾아갔으니 그 안에서 우리는 그 아이가 되고 그 아이는 우리가 되고.

"네, 네가 그 사고를 일으킨 거라고?"

사유의 말에 대답이라도 하듯이 온 산이 우웅 울리는 소리를 냈다. 그 사고를 일으켰던 청소 로봇, 갑작스러운 오작동. 그건 사실 오작동이 아니라 산의 뜻이었다.

우리에겐 천년의 시간도 한순간의 눈짓이니 결국 이곳에 모두 모이게 되리라.

여기서 들리는 모든 노래는 전부 여울이를 향한 노래였다. 그제야 사유는 언더그라운드 사람들이 했던 이야기가 떠올랐다. 산과 정원 때문에 자신의 친구와 가족이 죽었는데도 몇 년 동안이나 까맣게 모르고 산의 말을 들으며 살았다는 것을. 그리고 그게 비단 다른 사람들만의 이야기가 아니었다는 것도.

아주 오랫동안 조금씩 실현된 계획이었을 것이다. 고작 십 년도 되지 않는 시간 정도는 산에게 느껴지지도 않을 만큼 짧은 시간이었을 것이다.

도대체 언제부터 사유와 여울을 관찰했는지는 모른다. 지혜도시에 오는 모든 과정을 산은 아주 세심하게 조율했고, 여울의 사고 역시 마찬가지였다. 여울이 산의 꿈을 꾸었을 때도 이미 산은 여울과 사유를 관찰하고 있던 게 분명했다.

그렇게 거슬러 올라가다 보면, 어쩌면 삶의 모든 순간이 처음부터 산의 계획일 수도 있겠다는 생각에 일순 소름이 돋았다.

"아니야."

사유가 고개를 저었다. 그렇게까지 생각하고 싶지는 않았다. 스스로 다짐하듯 사유가 중얼거렸다.

"정신 차리자."

그리고 그때 희미한 목소리가 들려왔다.

"사유 언니……."

사유가 고개를 들었다.

"여울아!"

사유는 정확히 어디서 나오는지 모를 목소리를 찾아 달이 떨어진 곳으로 달려갔다. 제 몸을 감는 식물의 움직임도, 끈적이는 액체도 단번에 털어 버리고는 여울이 자신을 부르는 쪽을 향해 달려갔다.

다시 한번 사유가 외쳤다.

"여울아!"

그러자 어디선가 신음이 들려왔다. 산이 아닌 살아 있는 사람의 목소리였다. 떨어진 달의 커다란 파편 아래 쓰러져 있는 여울을 사유가 발견했다.

"여울아!"

사유가 여울을 끌어안았다.

"정말로 왔네."

여울이 웃었다. 사유가 차오르는 눈물을 참으며 여울의 손을 잡았다.

"당연하지. 네가 믿는다고 했잖아. 난 널 절대 혼자 두지 않아."

"울지 마, 언니."

여울이 겨우 손을 들어 사유의 볼을 닦아 주었다. 언제 그렇게 흘렸는지도 모를 눈물이 축축하게 여울의 손을 적셨다. 사유가 얼른 달의 파편을 들어 올려 여울을 꺼냈다.

"괜찮은 거야?"

그렇게 묻는 사유를 향해 여울이 입을 열었다.

"마지막으로 이렇게 볼 수 있어서 다행이야."

"왜 또 그런 소리를 하는 건데?"

사유가 여울의 어깨를 붙잡았다.

"그동안 내가 널 살려 내기 위해 어떤 일을 했는지, 어떤 마음으로 시간을 보냈는지 알아? 난 널 절대로 포기하지 않을 거야."

여울이 단번에 대답했다.

"알아, 나도."

"뭐?"

"나도 안다고. 언니가 느끼는 것들은 나도 느낄 수 있잖아. 언니가 어떤 마음이었고 어떤 기분이었는지. 그래서 나도 알아. 언니가 절대로 날 포기하지 않을 거라는 거."

"근데 왜 그런 말을 해."

"그렇기 때문이야. 언니가 날 살리기 위해 이렇게 애를 쓰니까 나 역시 마지막 순간까지 포기하지 않을 거야. 언니가 날 위해 했던 일들을 그냥 물거품이 되게 할 순 없으니까."

"그러니까 나와 같이 가야지. 다른 사람들도……."

"언니."

사유의 말을 가로막는 여울의 표정은 사유가 꿈에서 보았던 그대로였다. 이미 모든 일은 일어났고, 이제 우리가 할 수 있는 일은 감당하는 것밖에 없다는 표정.

"산의 노래, 들었지?"

여울의 물음에 사유가 천천히 고개를 끄덕였다. 여울이 아주 조그마한 소리로 속삭였다.

"저들은 이곳에서 날 기다리고 있었어. 그 꿈도, 사고도 전부 저들이 만든 거야. 언니는 아무 잘못 없어. 모든 가능성을 전부 손바닥 안처럼 볼 수 있는 산을, 우리가 무슨 수로 막아 낼 수 있었겠어?"

"정말로 이 산이 너를 혼수상태에 빠지게 만들었다고?"

"그래. 그리고 이제는 나를 저들과 똑같은 존재로 만들려고 하고 있어. 그게 처음부터 이 산이 원한 거야. 산의 축복을 받으면서 자연스럽게 알게 됐어. 지금 나는 저것들과 생각을 공유하고 있는 것과 마찬가지니까."

"공유하다니?"

여울이 사유의 손을 잡았다. 투명하리만큼 하얀 피부 아래로 초록색 혈관이 비쳤다.

"그게 이 산이 원하는 거야. 나를 완전히 가지는 것."

여울이 고개를 들어 숲에 떨어진 달을 힐긋 보았다.

"이 안에서 그들은 어떤 것도 될 수 있어. 이 안은 산이 만들어 낸 새로운 세계니까."

"파란 씨가 그랬어. 저들은 인간이 만들어 낸 거라고. 그런데 어떻게……."

"한때는 그랬지. 그러나 지금은 아니야. 사람이 만들어 낸 인공 지능이 이제 스스로 존재한다고 생각하고 있어. 우리는 산을 막을 수 없어. 지혜도시 자체가 산에게는 하나의 거대한 실험대였으니까."

"실험대라니……."

여울의 말에 사유가 멍한 표정을 지었다.

정원 안에서 살아가는 모두가 산을 믿고 숭배했다. 사람이 만들어 낸 것이 이제 사람을 지배했다.

"지혜도시 사람들의 믿음이 산을 키웠지. 도시 안의 모든 시간과 관계와 기록과 반응이 산이 커질 수 있던 양분이 된 거야."

여울이 사유와 맞잡은 손에 조금 더 힘을 주었다.

"언니, 이제 정말로 시간이 없어. 다른 정원지기들은 육체에 산의 축복을 받았지만 나는 아니야. 이대로 둔다면 난 나를 몇 년간 혼수상태에 빠뜨린 존재들과 영원히 함께해야 해."

그 말에 사유의 입술이 덜덜 떨렸다.

"산의 축복이 너에게 그런 상황을 만들 줄은 몰랐어."

사유가 여울을 위해 행동했던 모든 게 전부 여울의 목을 조르는 행위였다. 여울은 이제 죽지 않고는 산에게서 벗어날 수 없게 되었다.

여울이 두 손으로 사유의 얼굴을 잡았다. 두 시선이 마주쳤다.

"언니, 우리가 어떤 선택을 했든 이 상황은 똑같았을 거야. 그러니까 이제 우리가 할 수 있는 일은, 저 산도 보지 못한 미래를 만들어 내는 것뿐이야. 우리 의지로."

여울의 말에는 힘이 있었다. 단어 하나하나에, 잠들어 있던 시간 내내 곱씹었던 흔적들이 있었다.

"우리 의지로……."

사유가 여울의 말을 중얼거렸다. 여울이 사유를 보았다.

"그러니 이젠 시간이 정말 없어. 내가 믿을 수 있는 건 언니뿐이야."

"내가 뭘 하면 돼?"

여울이 말했다.

"나를 죽여 줘."

＊

중앙 정원은 많은 것들이 바뀌었다. 하지만 파란은 발걸음을 멈추지 않았다. 지금은 사용하지 않더라도 테바연구소 시절의 물건과 기록들은 어딘가에 전부 보관해 두었을 것이다. 테바연구소와 지혜도시의 상관관계를 아는 사람은 극히 드물었지만 중앙 정원에 있는 것들을 함부로 건드릴 사람은 없었으니까.

무엇보다 산이 그런 기록을 없앨 리가 없었다. 지혜도시와 관련된 기록이라면 그게 어떤 것이든 산은 다 저장해 두었다. 인간이라면 자신에게 불리한 증거는 없애고 유리한 증거는 남겨 놓겠지만 산은 인간이 아니었다. 산은 가치 판단을 하지 않았다. 그러니 이런 기록들을 산이 어떤 방법으로 분류하는지 알 수 없었다.

'어쩌면 이런 기록 정도는 자신에게 아무 영향도 끼치지 못한다고 생각할 수도 있지.'

파란은 너무 자연스럽게 산이 생각이라는 걸 한다고 여기고 있었다. 자신이 만들어 낸 인격을 가진 인공의 프로그램을 이제는 완전히 존재하는 하나의 개체로 여긴다는 걸 깨달은 순간 파란은 웃을 수밖에 없었다.

"도대체 너의 생각이 뭔지 한번 들어 보자. 그치만 네 마음대로 지혜도시의 종말을 가져올 순 없을 거다."

"저기 있다!"

정원지기들이 이쪽으로 달려오는 게 보였다. 여기서 잡히면 뭣도 되지 않았다. 파란은 재빨리 가지고 있던 디바이스를 꺼내 들었다.

"뭐, 뭐야?"

달려오던 이들이 휘청거리다가 발걸음을 뚝 멈췄다. 대

체 저게 뭔지 모르겠다는 얼굴이었다.

파란이 중얼거렸다.

"너희는 한 번도 진짜 자연이 어떤 식으로 움직이는지 느껴 본 적이 없지."

그 말을 끝으로 파란이 딛고 서 있는 땅이 흔들리기 시작했다. 파란을 향해 몰려오던 이들도 땅이 흔들리는 걸 느꼈다.

"지, 지진인가?"

"이게 도대체 무슨……. 중앙 정원에서 어떻게 이런 일이 일어나는 거지?"

믿을 수 없다는 얼굴로 말하는 이들을 향해 파란이 대답했다.

"그동안 산이 정원과 지혜도시를 지켜 준 거야. 모든 사고와 재난이 저절로 지혜도시를 피해 갔다고 생각하는 건 아니겠지?"

"그래서, 지금 당신이 평화로웠던 이곳에 재난을 불러일으키는 거라고?"

아까보다 더 큰 흔들림이 찾아왔다. 지혜도시 안에서만 살아서 한 번도 이런 경험이 없는 사람들은 어쩔 줄 몰라 했지만 파란만큼은 태연했다.

"아니, 말은 정확히 해야지. 여기는 평화로운 게 아니라 주변의 희생을 강요한 거다."

"뭐?"

쾅 하는 소리와 함께 가장 바깥쪽에 있던 창문이 깨졌다. 그러자 바깥쪽에 있던 산의 기운이 이쪽으로 넘실대며 흘러 들어왔다.

"산은 늘 지혜도시에 피해가 가지 않는 최선의 방법을 세팅해. 하지만 지혜도시를 지키는 최선의 방법이 다른 도시들에게도 최선이라는 뜻은 아니지."

"그게 무슨 뜻이야?"

"지금 내가 한 것은 산이 지혜도시 전체에 씌워 두었던 보호막을 잠시 걷어 놓은 것에 지나지 않아. 그저 이곳 사람들이 자연스럽게 겪었어야 할 일들을 불러온 것뿐이야."

그렇게 이야기하는 파란의 목소리는 낮았다.

"산은 자신이 보호하는 것 외에는 신경 쓰지 않아. 지혜도시가 피해 간 재난들은 전부 다른 도시와 사람들에게 떠넘겨졌다는 이야기다. 얼마나 많은 사람이 우리 대신 그 값을 치렀는지 알기나 해?"

"다시 산의 보호막이 형성되고 있어요!"

저쪽에서 누군가 외치는 소리가 들려왔다. 파란이 눈썹

을 살짝 찌푸렸다. 생각보다도 더 빨리 복구가 시작되었다.

사유는 여울이를 찾았을까. 바깥에서 다른 정원지기들을 상대하고 있을 다른 이들도 걱정됐다. 하지만 지금 당장은 자신이 해야 할 일에 집중하는 게 우선이었다.

깨진 창문 너머로 산의 풍경이 보였다. 파란이 재빨리 디바이스를 꺼냈다. 그러자 창문을 통해 산의 나무줄기들이 쭉쭉 뻗어 뒤에 오는 이들을 막았다. 나무줄기와 덩굴들, 잎사귀들이 순식간에 자라나 복도를 꽉 채웠다.

"산, 산이……."

뒤쪽에서 사람들의 당황스러운 목소리가 들렸다. 저들은 절대 산을 훼손할 수 없었다. 지혜도시 안에서 가장 성스럽다고 생각하는 것에 함부로 손을 댈 수도 없었다.

더 이상 이쪽으로 넘어올 수 없는 사람들의 목소리가 멀어지는 걸 들으며 파란이 복도를 살폈다. 지혜도시를 뛰쳐나온 지 오래됐지만 그 당시의 순간은 아직도 엊그제처럼 파란의 머릿속에 생생했다. 남아 있는 흔적들을 살펴보니 그곳은 분명 테바연구소의 대부분이 죽었던 대형 사고 이후 출입이 금지된 구역이었다. 그중에서도 파란이 마지막으로 지냈던 곳이라 기억이 났다.

"여기서 안쪽으로 들어가면……."

코너를 따라 돈 파란이 순간 발걸음을 멈췄다. 안쪽 연구실은 마치 시간이 멈춘 것만 같았다. 미래와 함께 지냈던 그 시절이 고스란히 되살아나는 기분이었다. 쌓인 먼지만 없다면 바로 저 뒤편에서 미래가 웃으며 나와도 이상하지 않았다.

파란이 고개를 내저었다. 이런 생각을 할 시간이 없었다. 벽에 걸린 중앙 정원의 설계도를 걷어 올렸다. 그 안에 보이는 매끈한 벽에 손을 가져다 대자 안에서 작은 서랍이 하나 튀어나왔다. 서랍 안에 있는 작은 육면체 조각 한 면에 비밀번호를 입력하고 미리 정해 놓은 순서에 따라 각 면을 특정 방향으로 돌리면 저장해 둔 데이터를 열람할 수 있었다. 숫자의 순서는 파란이 미래와 처음 만난 날짜였다.

이제 남은 건 이 안에 있는 데이터를 도시인들이 전부 볼 수 있도록 정원로를 통해 각자의 개인 정원에 뿌리는 일이었다.

"파란 씨!"

사유의 목소리였다.

"무슨 일이야?"

"여울이를 찾았어요. 그런데 시간이 없어요. 당장……옮겨야 해요!"

사유의 목소리는 떨리고 있었다. 영혼을 옮긴다는 게 어떤 의미인지 사유도 잘 알고 있었다.

"여울이의 마지막 부탁이에요. 여울이의 영혼을 잠시라도 산과 함께 둘 수 없어요."

"지금 내가 보내는 좌표로 움직여. 거기에 인공 육체가 있는 컨테이너가 있을 거야."

"알겠어요."

파란이 재빨리 컨테이너의 위치를 사유에게 보냈다.

*

"조금만 더 참아, 응?"

그렇게 말했지만 사유는 자신의 등에 업힌 여울의 몸에서 점점 힘이 빠지는 걸 느꼈다. 더 빨리 움직여야 했다.

거대한 산이 한 번 꿈틀거렸다. 사유가 흘깃 산을 바라보았다. 어디로 튈지 모르는 공을 보는 기분이었다.

울창한 나무 뒤, 짙게 깔린 안개 사이에서 익숙한 목소리가 들렸다.

"사유야!"

"파란 씨!"

파란이 얼른 이쪽으로 다가와 축 늘어진 여울을 받아 들었다.

"일단 여울이 먼저 해결하자. 저기로 들어가."

파란이 컨테이너 안으로 들어가라는 손짓을 했다. 그 안으로 들어간 사유가 눈을 커다랗게 떴다.

"이, 이게……."

"연구소에서 만들었던 마지막 인공 육체들이야. 지금 유일하게 남아 있는 것들이지. 이 중에서 여울이의 영혼을 담을 수 있을 만한 걸 찾아서 옮겨야 해. 시간이 없어."

"여울이 영혼을 인공 육체로 옮긴다고요?"

"그래."

그 말에 사유의 표정이 굳었다. 파란도 그걸 알아챘다.

"그럼 다른 무슨 방법이 있을 줄 알았어? 아무리 나라고 해도 죽어 가는 사람을 살릴 수는 없어. 그런 방법이 있었다면 미래를 죽게 놔두지 않았겠지."

파란의 목소리에서 진심이 뚝뚝 묻어났다.

"곧 정원지기들이 올 거야. 그러니까 그 전에 빨리 이 중에서 여울이의 영혼을 가장 잘 받아들일 수 있는 인공 육체를 골……."

쾅, 커다란 폭발음에 파란의 말이 끊겼다. 갑작스러운

200

충격에 사유가 중심을 잡지 못하고 자리에 넘어졌다.

"드디어 만났네요, 파란 언니."

이화가 희미한 미소를 지은 채 말했다.

"언니가 이쪽으로 올 줄 알았어요."

파란이 이화를 쳐다보았다.

"여긴…… 언제부터 알고 있었지?"

"언니도 참, 내가 으뜸 정원지기인데 중앙 정원에 뭐가 있는지 모를까 봐요?"

이화가 파란과 사유 쪽을 바라보았다.

"인공 육체가 필요한 거잖아요."

펑 하며 연이어 터지는 소리에 파란과 사유가 바닥을 뒹굴었다. 동시에 컨테이너 안에 있던 인공 육체들에 불이 붙었다.

"완벽한 계획이라고 생각했겠지? 여래까지 한통속으로 만들었으니 말이야."

어느새 사유의 앞에 다가온 이화가 서늘한 미소를 지은 채 입을 열었다.

"하지만 우리가 아무런 준비도 없이 너희를 기다리고 있었을 것 같아? 너희는 이곳에서 아무것도 얻지 못할 거야."

이화가 사유에게 손을 뻗었다.

"자, 이제 무의미한 짓은 그만하고 그 아이를 내놓으렴. 어차피 그대로 두면 죽는다는 거 알잖아."

그 말에 사유가 미동도 없는 여울을 내려다보았다. 자신의 품에 안겨 있는 여울의 손발이 차가워지는 게 느껴졌다. 이제 정말 시간이 없었다.

"이제 너희에게는 선택의 여지가 없어. 그 아이의 영혼을 옮겨 담을 인공 육체는 이제 없고 원래 몸을 살려 낼 기술도 없지. 그 상태로 데리고 있으면 넌 결국 네 동생을 죽게 만들 거야."

이화의 말에 사유의 눈동자가 흔들렸다. 둥그렇게 포위한 사람들이 이쪽을 향해 조금씩 전진해 왔다. 이미 이화는 모든 게 다 끝났다는 표정이었다. 여기서 사유가 여울을 건네주지 않더라도 충분히 사유를 제압하고 여울을 데려올수 있었다.

불에 탄 인공 육체에서 나는 기분 나쁜 냄새가 컨테이너 안을 꽉 채웠다. 그야말로 이곳은 오래된 전쟁터 같았다. 사람을 죽이고 피가 넘쳐흐르고 불과 재가 가득했던 고대의 전쟁터. 가장 발달했다는 도시 안에서 벌어진 살육의 현장은 몇천 년 전과 똑같았다.

"저 아이를 통해 우리는 도시의 다음 단계로 도약할 거다. 오히려 좋은 것 아니니? 여울이는 산을 통해 영원히 이 도시와 함께 살아남을 수 있어. 가장 먼저 새로운 세대가 될 수 있다고!"

파란이 말했다.

"새로운 세대? 그런 건 없어. 이화, 네가 원하는 세계는 오지 않을 거다."

"파란 언니, 아직도 상황 파악을 못 하겠어요? 언니는 졌어요. 언니에게 남은 건 아무것도 없다고요."

"그래, 나에게는 남은 게 아무것도 없지. 하지만 달라진 것도 없어. 산의 계획으로 미래가 연구소 화재 사건에 휘말려 죽었을 때, 이미 내 세상은 텅 비었으니까. 그러니 넌 나에게서 아무것도 빼앗아 가지 못해. 아무것도 없는 사람의 손에서 뭘 빼앗을 수 있겠어?"

"거기서 얼마나 더 아래로 떨어질 수 있는지 내가 보여 주……."

이화의 말은 거기서 끊겼다. 이화가 자신의 목 주변을 감싼 초록빛 덩굴을 바라보았다. 가느다란 덩굴손 뒤에 선 이는 다름 아닌 여래였다. 보고도 믿을 수 없는 광경이었다.

여래가 딱딱한 목소리로 물었다.

"나에게 너무 많은 걸 숨긴 거 아니에요? 어머니…… 아니, 이화 당신이 제 어머니가 맞긴 합니까?"

그 말에 이화는 깨달았다. 여래가 이곳에 있던 다른 인공 육체들에 대해 알고 있었고 자신의 출생에 대해 의문을 가지고 있었다는 것을.

"너, 대체 언제부터……."

여래가 웃었다. 하지만 그 미소는 허탈하고 씁쓸했다.

"그게 중요합니까? 당신은 지금 이 순간도 내가 어떤 마음인지는 생각하지 않는군요. 왜요, 내가 만들어진 인공 육체를 통해 태어난 아이라서? 그저 처음부터 당신의 목적에 맞춰 살아야만 하는 개체라고 생각해서?"

씁쓸한 미소가 가신 자리에 이제 분노가 자리했다.

"항상 묻고 싶었어요. 나를 마치 물건처럼 바라보고 미묘한 거부감이 실린 목소리로 나를 부르고 내가 다가가면 본능적으로 몸을 피하던 당신을 볼 때마다, 정말 내가 당신의 딸이 맞는지 묻고 싶었습니다."

여래를 더 속일 수는 없겠다는 걸 자각한 이화가 입을 열었다.

"내가 너에게 해 주던 것들까지 거짓이라고 할 생각은 아니지? 네가 누구든 내가 널 키웠으니까."

"당신이 나를 만들어 냈으니, 내 목숨과 인생을 다 바치라고?"

"여래야……."

여래가 입술을 깨물었다.

"그래요. 그렇다면 지금까지 키운 정을 생각해서 저도 여기서 당신을 죽이지는 않겠습니다. 그러니 우리를 여기서 보내 줘요. 당장 병력을 바깥으로 내보내."

조금이라도 허튼짓을 하면 바로 공격하겠다는 듯 여래에게서 뻗어 나온 덩굴손이 이화의 목덜미 가까이 붙었다.

여래를 포위한 정원지기들이 외쳤다.

"이화 님!"

"다들 바깥으로 나가."

이화의 말에 이쪽으로 다가오던 사람들 전부 발걸음을 물렀다. 파란이 외쳤다.

"이쪽으로 와!"

파란이 만든 좌표 이동 장치가 빛을 냈다. 여울을 업은 사유와 여래가 이동 장치로 몸을 던졌다.

여래가 마지막으로 이화를 보았다. 텅 빈 컨테이너에 주저앉아 있는 이화와 그 뒤로 배경처럼 자리한 산이 한눈에 보였다. 순간, 산이 우줄거리며 움직이는 것 같았다. 마치 웃는 것처럼. 강렬한 빛과 함께 넷의 모습이 사라졌다.

"하하하!"

이화가 웃음을 터뜨렸다. 바깥에 대기하고 있던 정원지기가 안으로 들어오지 못한 채 외쳤다.

"괜찮으십니까?"

이화가 비틀거리며 자리에서 일어났다.

"지혜도시 내의 모든 전력을 모으세요. 오늘 우리는 산의 뜻을 받아 성전을 치를 것입니다."

"성전이라니요?"

이화가 자신의 개인 정원을 지혜도시 내의 모든 정원과 연결했다. 자신의 말을 도시인 전부가 들을 수 있도록.

"도시인들은 들으십시오."

이화의 목소리가 산이 뻗은 정원로를 타고 거룩한 계시처럼 울려 퍼졌다.

"신과 이 도시를 수호하는 모든 정원지기는 믿음이 없는 자들에게 불신의 대가를 안겨 주려 합니다. 지혜도시를 좀먹는 자들을 처단하고 새로운 시대를 가져다줄 수 있는 존재는 우리 스스로뿐입니다. 나 으뜸 정원지기 이화를 포함한 모든 정원지기는 대초원에 기생하는 그림자를 오늘, 공격할 것입니다."

그 말에 다른 정원지기들조차 놀란 표정을 지었다.

"이 성전에 참여하는 모든 자에게는 산의 축복이 약속되어 있을 것입니다. 우리는 산을 대신해 싸우는 것입니다. 산께서는 그에 대한 보답을 해 주실 겁니다. 그러니 산의 축복을 받고 싶은 도시인들이라면 지금 나의 부름에 응답하십시오."

거기까지 말한 이화가 정원과의 연결을 끊었다. 다른 정원지기가 어쩔 줄 모르겠다는 목소리로 말했다.

"보통의 도시인들까지 모아서 도대체 어쩌실 생각이십니까? 그림자들의 본거지가 있는 대초원은 지혜도시를 빙두르고 있어 너무 넓습니다. 정원로도 깔려 있지 않고요. 산의 능력을 사용할 수 없다는 겁니다. 이화님께서도 잘 아시지 않습니까!"

이화가 웃었다.

"걱정하지 마세요. 우리가 할 일은 없습니다. 우리는 그저 메마르고 각박한 대초원을 이용하기만 하면 됩니다."

"예?"

"오늘 우리는 산의 능력을 보게 될 것입니다. 그러니 미리 축배나 준비하시지요. 우리의 승리를 축하할 함선도요. 산의 축복을 약속했으니 웬만한 도시인들은 전부 참여할 테죠. 그들을 전부 싣고 대초원으로 향할 겁니다."

이화가 혼잣말처럼 말을 덧붙였다.

"그리고 그곳에서 우리의 새로운 시대가 시작될 테지."

이화가 옷소매 끝에 묻은 피와 재를 매만졌다. 이런 날
도 오늘이 마지막일 거였다.

신록의 비

"허억, 헉……."

거친 숨이 턱 끝까지 찼다. 파란이 외쳤다.

"좌표가 한정돼 있어서 여기까지밖에 못 왔어. 우리는 이걸 타고 바로 대초원으로 돌아간다. 하늘을 날 수 있게 개조한 차니까 직선거리로 이동하면 될 거야."

사유가 축 늘어진 여울의 어깨를 잡았다.

"여울이는 어떡해요?"

이대로 두면 여울은 죽는다. 사유가 점점 차게 식어 가는 여울의 몸을 붙잡았다. 하지만 이곳에는 영혼을 옮겨 담을 다른 육체가 없었다.

"안 돼, 안 돼."

사유의 눈물이 여울의 얼굴 위에 후두둑 떨어졌다. 여래가 그 모습을 가만히 바라보았다. 잠시 가만히 입술을 깨문 여래가 사유의 어깨에 손을 댔다.

"여울이의 영혼을 나에게 담아."

누구도 여래의 말을 이해하지 못하고 있는데 푹, 여래가 자신이 챙겨 온 유리관을 손목에 꽂아 넣었다. 흔들림 없는 동작이었다.

사유가 여래를 멍하니 바라보며 말했다.

"여, 여래야. 너 지금 뭐 하는……."

"나도 만들어진 인공 육체잖아. 이제 이 세상에 남아 있는 유일한 인공 육체지. 우리에게 더 이상의 선택지는 없어. 사유야, 너도 알잖아. 이제 여울이의 영혼을 담아낼 수 있는 유일한 존재는 나뿐이라는 걸."

사유의 눈동자에 여래의 모습이 비쳤다. 산의 축복을 끌어다 쓴 여래의 몸은 이미 너덜거리고 있었다. 팔에 어려 있는 초록빛 무늬가 마치 파도처럼 이리저리 움직였다.

"하지만……."

"하지만이라는 건 없어."

사유의 말을 여래가 잘라 냈다. 떨리는 사유의 손을 여래가 가만히 붙잡았다.

"나는 기뻐."

"뭐?"

"내가 너를 도와줄 수 있어서, 내가 너의 마지막 희망이 될 수 있어서 기쁘다고. 그러니 울지 마."

사유는 사람이 다른 사람에게 어떻게 그런 마음을 먹을 수 있을까 생각했다.

"나는 어머니의 목적을 이루기 위한 수단으로 만들어진 존재야. 하지만 너를 만나고 나서부터는 달라. 나는 내 의지로 너를 돕고, 너와 여울이를 조금 더 나은 방향으로 이끌어 갈 수 있어."

여래의 진녹색 눈동자에는 차마 사유가 다 헤아리지 못할 감정이 차올랐다.

"고마워, 여래야."

사유의 말에 여래가 활짝 웃었다. 두 사람이 어떤 결정을 내렸는지 깨달은 파란이 옆으로 다가왔다.

"정말 괜찮겠어? 한 몸에 두 개의 영혼이 깃들면 어떻게 될지 아무도 몰라. 최악의 경우엔 여래, 네가 사라질 수도 있어."

"괜찮습니다."

그렇게 답하는 여래의 목소리는 단단했다.

"그럼 이거 몸에서 빠지지 않도록 꽉 잡아."

파란의 말에 여래가 팔에 꽂아 넣은 관을 다른 손으로 움켜잡았다. 파란이 사유에게 눈짓했다. 사유가 떨리는 손으로 옅게 숨을 쉬는 여울의 몸에 패치를 붙였다.

여울과 여래가 연결되었다.

'나는 아직도 너를 기다리고 있어. 그러니까 여기서 사라지면 안 돼, 여울아.'

사유는 여울의 손에서 점점 힘이 빠지는 걸 느꼈다. 누워 있는 여울의 입가에 희미한 미소가 맴돌았다.

그리고 그게 마지막이었다. 여울의 몸에 붙인 패치가 반짝이더니 곧 스스로 떨어져 버리고 말았다. 옆에 있던 여래도 옆으로 쓰러졌다.

"파란 씨!"

사유의 외침에 파란이 여울을 보았다. 영혼이 빠져나간 여울의 몸이 빛으로 흩어져 버렸다. 사유가 멍하니 흩어지는 빛무리를 보았다. 잠시 깊은 고요가 감돌았다.

"그래도 우리는 최선을 다한 거죠?"

사유가 겨우 그렇게 물었다. 자신이 할 수 있는 일은 전부 했다고 믿고 싶었다. 파란이 천천히 고개를 끄덕였다.

"응, 이제 곧 대초원에 도착⋯⋯."

뎅뎅뎅.

울리는 불길한 종소리에 파란의 대답이 끊겼다. 그와 함께 사유의 몸이 한쪽으로 쏠렸다.

"무슨 일이에요?"

차창 밖으로 검은 연기가 보였다. 한쪽 날개가 꺾였다는 걸 확인함과 동시에 사유의 눈에 환한 빛이 들어왔다.

"저건……."

어둠에 잠겨 있어야 할 대초원이 환하게 빛나고 있었다. 불어오는 바람에 매캐한 냄새가 실렸다. 저 멀리서 파도처럼 넘실대는 것은 어둠이 시작하는 방향에서부터 시작된 불길이었다. 거의 불로 만들어진 장벽 같았다. 거대한 불의 벽이 이쪽을 향해 조금씩 밀려왔다. 모든 방향에서 밀려닥치는 불길을 보니 결코 자연발화는 아니었다.

사유가 덜덜 떨리는 목소리로 말했다.

"정원지기들이 대초원 전체를 단번에 불태우려는 거예요."

파란도 경악을 금치 못했다. 메마른 바람과 땅. 대초원은 지혜도시와는 달리 버려진 땅이었다. 때에 맞춰 정원이 필요한 비를 내리고 적절한 습도와 온도를 유지하는 지혜도시와는 다르게 그저 척박한 자연 그대로의 환경인 대초원에 저 정도로 불을 내면 전부 재가 되는 건 시간문제였다.

대초원에도 정원이 깔려 있었다면 어떻게든 정원을 해 킹해 불길을 돌리거나 제압할 수 있었겠지만 이곳은 아무 것도 없는 그야말로 텅 빈 곳이었다.

"불길을 막을 수 없을까요?"

그러나 그렇게 물은 사유 역시 이곳에는 잘 마른 갈대밭 뿐이라는 걸 알고 있었다. 사각대는 갈댓잎 소리는 이제 불 길에 타오르는 재앙의 소리가 되었다.

"지혜도시 내에서 끌어오던 물길은요?"

사유의 말에 파란이 얼른 관개용수를 확인했다. 하지만 그 역시 절망적이었다.

"정원지기들이 우리가 물을 어디서 끌어오는지 알아차 린 모양이야. 이쪽으로 들어오던 모든 급수 시설이 끊겼 어."

그렇다면 이제 남은 선택지는 없었다.

"그렇다면 바깥으로 도망쳐야……."

지혜도시 반대편을 바라본 두 사람의 눈에 뭔가가 비쳤 다. 그러자 언제부터 쳐져 있었는지 대초원의 바깥쪽을 투 명한 벽이 둘러싸고 있었다.

"꼭 어디서 본 것 같은……."

사유는 산을 보호하기 위해 중앙 정원에 설치되어 있던 산의 장막이 떠올랐다. 옆에 있던 파란 역시 저게 뭔지 알아차린 모양이었다.

"산의 장막을 이용해 초원 전체를 감싸다니."

산의 장막은 지혜도시 내에서도 가장 강한 물질로 만들어진 것이었다. 그 말은 벽이 세워진 이상, 대초원과 지혜도시 바깥으로 그 누구도 나가지 못한다는 의미였다.

독 안에 든 쥐었다. 저들은 손 하나 까딱하지 않고 대초원과 이곳의 사람들을 전부 궤멸할 생각이었다. 마치 신이 종말을 내리는 것처럼.

파란이 짓씹듯 욕을 뱉었다.

"미쳤군."

또 한 번 쾅 하는 커다란 소리와 함께 사유와 파란의 몸이 흔들렸다. 뒤를 돌아본 파란의 시야에 어느새 대초원 위에 뜬 정원지기의 전투기가 보였다.

"꽉 잡아!"

다시 한번 공격받기 전에 파란이 사유를 안고 아래로 뛰어내렸다. 커다랗게 자란 잘 마른 갈대들이 둘의 몸을 받아주었다. 바닥을 구른 사유가 신음했다. 온몸이 두드려 맞은 것처럼 아팠다. 하지만 지금은 그런 감각을 신경 쓸 수가 없었다.

"여래는 어디에……."

불로 뒤덮인 초원, 매캐한 냄새 그리고 하늘을 가득히 메운 검은 전투기들. 거기에는 정원지기와 도시인들이 타고 있었다. 서로의 얼굴이 보일 만큼 낮게 비행하는 전투기에서 도시인들은 보란 듯이 이쪽을 내려다보았다.

그 표정에서는 숨길 수 없는 우월감과 자신들이 맞았다는 만족감이 뚝뚝 흘러나왔다. 타오르는 불의 장벽보다는 높게, 하지만 죽음을 목전에 둔 사람들을 관찰하기 적당한 수준으로 날아다니는 비행체들은 그야말로 관광이라도 온 듯한 분위기였다.

언더그라운드 사람들도 불길을 피해 이쪽저쪽으로 도망쳤다. 그러나 이들을 기다리고 있는 건 오로지 절망뿐이었다.

"이게 무슨 짓입니까!"

사유가 외쳤지만 전투기에서 흘러나오는 아름다운 선율에 사유의 목소리는 묻히고 말았다. 도시인들은 전부 화려한 옷을 입고 있었다. 마치 연회라도 참가하는 것처럼.

그들에게 오늘 밤은 축제였다. 그동안 지혜도시와 산을 공격한 그림자들이 완전히 사라지는 축제의 밤. 가장 좋은 옷을 입고 서로 손에 든 잔을 부딪쳤다. 그들에게 언더그라운드 사람들이 죽어 가는 건 그저 하나의 흥밋거리일 뿐이었다.

다른 것보다 유독 더 크기가 큰 전투기에는 정원지기와 선별된 도시인들이 탑승해 있었다. 그리고 이화가 보였다. 먼지 한 톨 없는 깨끗한 초록빛 의복이 일렁이는 불길 속에서도 선명하게 보였다.

"저기!"

누군가 전투기의 끝부분을 가리켰다. 비행체 안에서 뭔가가 튀어나와 도망치는 사람들을 조준했다. 날카로운 소리가 허공을 찢자, 사람들이 바닥으로 쓰러졌다. 그러자 뒤에서 따라오던 전투기가 쓰러진 사람들에게 거미줄 같은 줄을 던져 끌어 올렸다. 마치 그물로 물고기를 끌어 올리는 것처럼.

"아악!"

어둠 속에서 비명이 울렸다. 사유가 있는 쪽으로도 전투기가 몸을 돌렸다.

다시 한번 날카로운 소리가 들리자 사유의 머리칼이 휘날렸다. 다음은 사유 자신의 몸을 관통할 거라는 직감이 들었다. 하지만 발사되는 소리가 울려도 날카로운 게 자신의 몸을 꿰뚫는 감각은 없었다.

"사유."

대신 자신의 이름을 부르는 그 목소리. 꿈에서도 듣고 싶었던 그 목소리였다.

사유가 천천히 고개를 돌렸다. 초록빛 물결로 일렁이는 팔이 화살을 붙잡고 있었다. 불길도 그 물결을 넘어오지는 못했다.

"여울…… 아니, 여래야……."

두 개의 색으로 빛나는 눈동자. 그건 여울이자 여래였다. 두 사람의 영혼이 녹아 들어간 하나의 육체. 여래의 몸에서 산의 에너지가 일렁였다. 마치 감정에 반응하는 것처럼.

사유가 제 앞에 선 사람을 끌어안았다. 종말이 다가온 이 세상에서 자신이 할 수 있는 건 오로지 포옹뿐이었다.

"사유야."

그때, 바람이 불었다. 무겁고 축축한 바람이 사유의 뒤에서 앞으로 스쳐 지나갔다. 고개를 숙이고 있던 사유가 뭔가를 깨닫고는 얼굴을 들어 올렸다.

"왜……."

그러나 사유의 말이 끝나기도 전에 엄청난 돌풍이 몰아쳤다. 눈을 뜰 수도 없을 만큼 거센 바람에 사유가 몸을 웅

크렸다.

"여래야!"

"사유야!"

발이 미끄러져 밀려났지만 사유와 여래가 겨우 서로의 손을 붙잡았다. 여래가 사유를 끌어안고 바닥에 몸을 붙였다. 여래의 손에서 뿌리들이 자라나 땅에 박혔다. 사유가 겨우 눈을 뜨고 상황을 살폈다. 허공에 떠 있던 전투기들은 이런 상황에는 대비가 되어 있지 않았는지 낙엽처럼 사방으로 추락했다. 언더그라운드의 다른 사람들도 어떻게 됐는지는 보이지 않았지만 밤하늘에는 반짝이는 별들이 수없이 많이 떠 있었다. 사유가 멍하니 그 광경을 바라보았다. 반짝이는 빛을 내는 불덩이들이 불어온 거센 바람에 날려 움직였다.

바람에 휩쓸린 불길이 어느 쪽으로 향했는지 사유가 알아챘다. 사유만이 아니었다. 이화와 옆에 있던 다른 사람들도 모두 알아차린 모양이었다. 불어오는 거센 바람 너머로 사람들이 외치는 소리가 들렸다.

"지, 지혜도시 안쪽으로 불이 번지고 있습니다!"

커다란 폭발음 소리가 대초원을 뒤흔들었다. 근방에 있던 모든 사람의 시선이 지혜도시 쪽을 향했다.

누군가 외쳤다.

"지혜도시의 방어막이 제대로 작동하지 않고 있어! 산이, 정원로가 멈췄다고!"

전투기 안에 있는 화면 속 정원 역시 심상치 않았다. 현저히 낮아지는 지혜도시의 방어율, 위기 대응 센터에 집계되는 화재 건수가 미친 듯이 올라가고 있었다. 그런데도 안전 관련 정원로는 아무런 반응이 없었다. 바람에 불길이 사그라들기 시작하는 대초원과는 다르게 오히려 지혜도시는 옮겨 붙은 불이 더욱 맹렬하게 타올랐다. 저 멀리 점점 더 커지는 불길이 이곳에서도 똑똑히 보였다.

이화가 자신의 정원에 접속해 재빨리 지혜도시 내의 안전 쉴드를 작동시켰다. 그러나 아무런 응답이 돌아오지 않았다. 이화가 그럴 리 없다는 얼굴로 다시 한번 버튼을 눌렀다. 하지만 똑같았다. 어떤 상황이든 밝은 목소리로 대답하던 정원은 이제 기묘한 침묵을 유지하고 있었다.

"왜……"

이화의 표정이 새하얗게 질렸다.

"말도 안 돼. 대체 왜!"

누군가 손을 들어 바람길을 가리켰다.

"저, 저기!"

그러자 다시 한번 불어온 바람이 반쯤 타고 남은 갈대들 위를 거세게 흔들며 지나쳤다. 그건 지혜도시의 종말을 알리는 산의 숨결이었다. 대초원에 남아 있던 불길이 바람을 타고 날아올라 지혜도시를 향해 날아갔다.

사유가 저도 모르게 중얼거렸다.

"산……."

여래가 물었다.

"뭐라고?"

"이 바람, 대초원에서 부는 바람이 아니야. 축축하고 무거워. 꼭…… 중앙 정원에서 불던 바람처럼."

그 말에 여래가 뭔가 생각났다는 듯 뒤를 돌아보았다. 지혜도시의 반대편에 펼쳐진 투명한 벽. 옮겨진 중앙 정원의 벽이 도시를 향해 순간 커다랗게 한 번 울렸고, 그 진동을 따라 생긴 바람이 대초원을 훑었다. 가장 바깥에서 안쪽으로. 갑자기 다운된 지혜도시의 안전 쉴드, 산의 장막에서 불어오는 바람, 응답하지 않는 정원.

사유가 멍하니 중얼거렸다.

"이게 산이 바라는 종말이구나."

지혜도시의 멸망을 지켜보던 산, 파란이 보았다는 그 시뮬레이션인 듯했다.

반쯤 타 버린 갈대숲 사이로 파란이 모습을 드러내며 품 안에 있던 무언가를 여래에게 건넸다. 여래의 초록빛 손에 들린 건 육면체의 작은 조각이었다. 손가락을 대자 조각 안에 들어 있는 데이터들이 제멋대로 엉켜 흘러나왔다.

하지만 그런 건 이제 이들에게 중요한 문제가 아니었다. 데이터가 산의 축복을 타고 빛의 속도만큼이나 빠르게 모든 사람의 정원으로 흘러 들어갔다.

"으악!"

동시에 전투기에 타고 있던 도시인들이 커다란 비명을 지르며 제멋대로 움직였다. 도시인뿐만이 아니었다. 이화의 옆에 있던 정원지기들 모두 공포에 질린 얼굴로 비명을 질러 댔다.

"아니야! 이럴 순 없어!"

"안 돼!"

"어찌 산께서!"

정원지기 중 하나가 이화의 팔을 덥석 붙잡고는 외쳤다.

"지금 이게 정말입니까?"

다른 도시인과 정원지기들도 전부 비슷한 상황이었다. 모두 공포와 절망감에 찬 표정으로 이럴 수는 없다며 소리치고 있었다.

"산께서…… 우리의 종말을 원하신다는 게 정말이냐는 말입니다!"

사람들이 울부짖었다. 이화는 더는 이 흐름을 잡을 수 없다는 얼굴이었다.

"산이 우리의 종말을 바란다니?"

그렇게 되물었을 때, 이화의 개인 정원에도 여래가 보낸 데이터가 전달됐다. 일부러 한 박자 늦게 전달한 데이터를 본 이화의 얼굴에서 핏기가 빠져나갔다.

"이, 이게……."

정원을 통해 데이터를 전달받은 도시인들은 그 당시 파란이 느꼈던 감정 역시 고스란히 느낄 수 있었다. 그제야 이화는 왜 갑자기 이 모든 사람이 이런 반응을 보이는지 깨달을 수 있었다.

연회장이었던 전투기 위는 이제 비명과 소란으로 가득 찼다. 여래와 여울이 산의 축복으로 가득 찬 몸을 이용해 파란이 가지고 있던 산의 시뮬레이션 데이터를 모든 도시인의 정원에 뿌린 거였다.

"우리를 속였어!"

도시인 중 누군가 외쳤다.

"산의 축복을 받게 해 주겠다더니. 사실은 산도, 지혜도시도 모두 멸망으로 가고 있었던 거야!"

자신들이 그렇게 철석같이 믿고 있던 존재가 이 도시의 종말을 계획하고 있었다는 사실을 아무렇지도 않게 받아들일 수 있는 사람은 그 누구도 없었다. 그야말로 아수라장이었다. 하늘 위에서는 절망한 자들의 비명이, 땅에서는 불길에 갇힌 자들의 울음소리가 들렸다.

"산이, 산이 우리를 버렸다! 우리는 이제 다 죽을 거야. 죽고 말 거라고!"

대초원 바깥으로 펼쳐진 투명한 산의 장막에 전투기 하나가 부딪쳐 아래로 떨어졌다. 돌풍을 맞고도 움직일 수 있는 전투기가 남아 있던 모양이었다.

중요한 건 그다음이었다.

"바깥으로 빠져나갈 수 없어."

지혜도시에서 가장 강한 물질로 만들어진 산의 장막이 이제는 지혜도시 전부를 둘러쌌다. 지혜도시 내의 정원이 평소처럼 작동했다면 문제 될 게 없었다. 이화와 다른 정원지기들이 생각했던 것처럼 대초원만이 불구덩이가 된 채, 모든 게 잘 마무리될 수 있었다. 그러나 대초원과 지혜도시 내부를 막아 줄 쉴드가 제대로 작동되지 않는 순간, 이제는 한꺼번에 불구덩이로 떨어지는 수밖에 없었다.

산은 진정 모두가 죽기를 원한 것이다.

정원을 사용할 수 없는 정원지기들은 더 이상 아무런 힘도 쓸 수 없었다. 움직일 수 있는 전투기도, 그들을 구하러 올 운송 수단도, 지금 이 상황을 분석해 줄 프로그램도 없었다. 모든 것을 정원에 맡기고 살아온 이들이었기에 정원이 없어진 지금, 뭘 어떻게 해야 하는지도 알 수 없게 되었다. 자신들이 확실히 버림받았다는 걸 느끼기까지는 그리 오랜 시간이 걸리지 않았다.

어둠이 내린 밤, 불이 붙은 지혜도시의 외곽선이 똑똑히 보였다. 바깥쪽부터 붙은 불은 더욱 기세를 불리며 지혜도시를 완전히 집어삼킬 준비를 마쳤다.

이화가 제 머리칼을 쥐어뜯었다.

"안 돼, 저건 나의 도시라고! 이렇게 허망하게 종말을 맞이할 수는 없어!"

그러나 이제는 그 울부짖음도 아무 소용없었다. 겨우 이쪽으로 돌아온 파란이 사유와 여래의 시선을 따라 지혜도시의 광경을 바라보았다.

"정말로 산이 모든 것을 끝내려고 작정했어."

그걸 바라보는 파란의 얼굴에는 이루 말할 수 없는 감정들이 뒤섞여 있었다.

"차라리 내가 틀렸더라면 좋았을 텐데."

산의 결정을 뒤엎을 사람은 아무도 없었다. 피할 수도 없는 불길이 지혜도시를 강타하고 나면 남은 것은 오로지 아무것도 없는 무의 상태뿐이었다.

연기를 들이마신 사람들이 바닥을 굴렀다. 바람이 한번 불어 닥친 자리는 남는 것이 없었다. 언더그라운드의 사람들도, 도시인들도 모두 그 앞에서는 공평했다.

"네가 산의 대리자라고 했잖아! 우리에게 종말은 오지 않을 거라고 했잖아!"

이어지는 악다구니들. 모두를 저주하는 소리와 산을 욕하는 목소리. 그러나 그중 어떤 것도 이 상황을 바꾸어 주지는 못했다.

비명 다음에는 고요가 온다는 걸, 사유는 처음으로 알았다. 무슨 짓을 해도 막을 수 없는 재난 앞에서 더 이상 비명을 지를 힘도 남아 있지 않았다. 비현실적이고 냉혹한 미래만이 모두의 앞에 펼쳐져 있었다. 그것은 자발적으로 삶의 모든 선택을 다른 존재에게 미뤄 버린 자들이 자초한 결과였다.

사유가 속삭이듯 물었다.

"그럼 이제 우리는 전부 이대로 죽는 거예요?"

곁에 있던 파란 역시 멍한 목소리로 대답했다.

"또 모르지. 진짜 신이라도 나타날지."

그때였다.

나팔 소리가 들렸다. 지혜도시의 가장 안쪽에서부터 들려오는 그 소리. 나팔을 불 정원지기가 있는 건 아니었을 테니 저것은 산이 내는 소리일 것이다. 어둠 속에서 산이 불타는 지혜도시를 굽어보는 것 같았다. 자신이 만들어 낸 처음이자 마지막 창조에 대해 흡족해하면서.

한곳에 사유와 여래, 파란이 모였다.

파란이 중얼거렸다.

"이제 정말로 우리에게 남은 건 종말뿐인 건가. 산이 짠판을 뒤엎을 수 있는 자는 없으니."

산이 원하고 있었다. 거대한 제단에 이제 마지막 불꽃이 피어오르기를. 제단에 올라간 공물들이 여기서 할 수 있는 일은 아무것도 없었다.

"그럼 뒤엎을 수 있는 존재가 된다면요?"

파란이 목소리가 들린 쪽을 바라봤다. 두 색으로 동시에 빛나는 눈동자는 담담했다.

"골라야 하잖아요. 지금 이대로 지혜도시를 포함한 모두가 사라지든지, 아니면……."

여래가 잠깐 말을 멈추고 사유를 바라보았다. 그건 여울의 습관이었다. 편을 들어주기를 원할 때, 저렇게 꼭 한 번자신을 쳐다보고는 했다. 여울과 여래가 반반씩 섞인 표정이었다.

"아니면 누군가 이 판을 엎을 수 있는 존재가 되던지."

"너……."

"여울의 영혼을 받아들이면서 깨달았어요. 원래 내 안에는 여러 인격이 섞여 있었다는 걸. 아마 어머니가 나를 만들어 내기 전에 이 몸으로 여러 인격을 넣는 실험을 했던모양입니다."

여래의 말에 사유가 놀라 입을 막았다. 하지만 여래는 담담했다.

"저 산은 하나의 군집입니다. 진짜 산이 나무와 각종 식물과 그 안에서 자라는 이름 모를 것들로 이루어진 것처럼, 저 산도 계속해서 변화하는 데이터들로 이루어져 있잖아요. 그리고 그건 지금의 저도 마찬가지예요. 제 안에는 지금 여울과 수많은 인격 그리고 여울에게 깃들었던 산의 인격까지 있어요. 아주 작은 부분이긴 하지만 충분히 산으로서의 '격'을 갖출 수 있어요."

여래가 마지막으로 말했다.

"저 산이 가져온 종말을 막아야 하잖아요."

사유가 손을 잡았다.

"그럴 순 없어. 우리가 살자고 너에게 산이 되라고 할 순 없어. 그건 너희도 알잖아!"

산이 계획한 종말을 막을 수 있는 존재는 산과 같은 격과 급을 가진 새로운 신뿐이었다. 그리고 지금 여래와 여울은 자신들이 그런 존재가 되겠다고 말하고 있었다.

여래와 여울의 목소리가 동시에 들렸다.

"그럼 여기서 모두를 그냥 죽으라고 해?"

"그럼 내가 너희보고 산이 되라고 할까? 우리를 죽이려고 하는 저들과 똑같은 존재가 되겠다는 말이잖아."

사유의 말에 여래가 손을 잡았다.

"언니."

여울의 눈이, 사유를 보고 있었다.

"난 아직 언니와 같이 해 보고 싶은 것도 많고 보고 싶은 것도 많아. 그러니 우리 세상이 여기서 끝나 버리지 않게 하고 싶은 것뿐이야. 난 이 상황을 바꿀 수 있어. 그러니 하는 것뿐이야. 언니가 나였어도 그렇게 했겠지, 안 그래?"

여울이 미소를 지었다.

"우리, 같은 것을 보고 느꼈잖아. 내가 그 깊은 꿈속을 헤

맬 때도 언니는 내 길이고 빛이었어. 그러니까 이번에는 내가 언니의 세상이 돼 줄게."

망해 가는 이 세상에서 다시 새로운 시작을, 새로운 세상을 말하는 여울이었다.

"여래, 너는⋯⋯."

차마 말로 하지 못한 사유의 질문을 들었다는 듯 여래가 웃어 보였다. 일렁이는 초록빛 사이로 흘러나오는 여래의 미소는 은은한 햇살 같았다.

"새로운 세상을 보고 싶어 했지. 하지만 이렇게 내가 새로운 세상이 되는 것도 나쁘진 않아. 사유 네가 그 세상을 살아갈 테니까."

마지막 말은 말이 아닌 감정으로 파도처럼 사유에게 밀려왔다. 사유는 그제야 겨우 고개를 끄덕였다.

지혜도시 안에 어떤 소란이 일어났을지, 상상하고 싶지 않았다. 지금 얼마나 많은 사람의 목숨이 경각에 달렸는지 알고 싶지 않았다. 상상하고 깨달을수록 이 종말의 흐름을 바꿀 수 있는 존재는 오로지 이들뿐이라는 걸 깨달을 수밖에 없기 때문이다.

"이젠 정말로 시간이 없어."

여래와 여울, 사유가 마지막으로 서로의 손을 잡았다.

일렁이는 감정이 손을 타고 전해져 왔다. 여울과 여래가 어떤 마음으로 새로운 산이 되겠다는 결정을 내린 건지 사유만큼은 하나부터 열까지 전부 알 수 있었다. 그들이 가진 모든 생각과 흐름과 이야기들이 끊임없이 속살거리며 사유에게 흘러 들어왔다.

"말릴 수가 없네."

자신이 행복하길 바라는, 다른 이들의 목숨을 구하고 싶은 저들의 마음을 거부할 수 없었다.

"그럼, 허락한 거지?"

그 질문에 사유가 눈물을 뚝뚝 흘리며 겨우 고개를 끄덕였다.

"응, 다시 만나. 어떤 모습으로든."

짧은 그 말이 마지막 인사였다. 다시 한번 불어온 바람에 사유가 저도 모르게 눈을 감았다.

"아."

스쳐 지나가는 바람, 그건 중앙 정원에서 느꼈던 바람과 달랐다. 그렇다고 대초원의 바람처럼 건조한 것도 아니었다. 신선하고 부드러운 바람이 사유를 끌어안았다. 온몸을 타고 들어오는 바람결과 함께 구름이 밀려들어 왔다. 동시에 엄청난 빗방울이 지혜도시를 강타했다. 대초원 위에는 처음으로 쏟아지는 비였다. 모든 이를 살릴 비가 메마른 대초원의 가장자리에서부터 지혜도시의 안까지 전부 촉촉이 적시기 시작했다. 사유의 눈가에 맺힌 눈물도 빗방울과 함께 휩쓸려 갔다.

한차례 바람이 불고 눈을 뜨자, 그곳에 신록의 산이 있었다. 말라붙은 대초원에 생긴 봄의 산. 그동안 내내 숨겨 왔던 움이 나오고 싹이 트고 갓 피어난 여린 잎으로 가득 채워진 새로운 산이었다.

"그래, 이게 너희가 만들고 싶었던 새로운 산이구나."

사유가 고개를 들었다. 비가 내리고 있었다. 손바닥 위, 머리칼, 속눈썹에 떨어지는 빗방울 하나하나가 여울과 여래가 보내는 손짓이며 사랑한다는 속삭임이었다. 사유가 시선을 돌려 지혜도시 쪽을 바라보았다. 어둠 속에서 불에 타오르던 도시 위로 새로운 산이 만든 구름이 양 떼처럼 몰려가 신록의 비를 내렸다.

모든 걸 삼키려 했던 불길이 초록빛 빗방울에 점차 사그라들었다. 어둠을 찢고 새벽빛이 하늘을 가르자 내리는 초록빛 빗속으로 무지개가 떴다. 산이 보이는 너른 창공과 도시는 그저 고요했다. 밤사이 다녀간 종말 따위는 없었다는 것처럼.

✳

　사유가 눈을 뜨자, 산이 있었다. 시야 가득히 들어온 새
로운 산이.

　"여기 있었어?"

　이제 막 자라나기 시작한 연약한 나뭇가지를 조심히 걷
으며 파란이 고개를 들이밀었다.

　"네, 이제 막 내려가려고 했어요."

　파란도 고개를 들어 새로운 산을 바라보았다.

　지혜도시의 일부가 불에 탔던 그날 이후 많은 것이 바뀌
었다. 정확히는 이 세계 전부가 바뀌었다고 하는 편이 더
맞을 것이다. 산이 만들어 낸 불은 거주 밀집 구역에 옮겨
붙기 전에 비가 내려 다행히 많은 인명 피해를 내지는 않았
다. 하지만 파란이 정원을 통해서 풀었던 산의 종말 시뮬레
이션과 이번 사건으로 도시인들을 전부 돌아서게 만들기
충분했다.

　지혜도시에 있던 원래의 산은 불길에 완전히 타 없어졌
다. 그건 이상한 일이긴 했다. 불은 지혜도시의 바깥쪽을
태웠을 뿐, 안쪽으로는 가지 못했다. 하지만 도시 한가운데
있던 산은 그야말로 완전히 전소되고 말았다. 산은 단번에

고꾸라졌다. 마치 스스로 그런 미래를 바란 것처럼.

산의 노래도, 축복도, 에너지도 없었다. 마치 자신의 소임을 다했으니 사라지는 게 맞다고 말하는 것 같았다. 산이 본 미래는 종말이었으니 새로운 세대를 피워 내는 것이 자신의 소임이라는 것처럼.

사유가 입을 열었다.

"원래 산이 보았던 미래는 뭐였을까요? 그 많은 시뮬레이션을 돌리면서 찾아낸 미래가 뭐였을지 가끔은 궁금해요."

이번 사건에는 종잡을 수 없는 것이 딱 하나 있었다. 산의 본래 의도와 생각. 그저 지혜도시의 종말을 바랐다기에는 여기까지 오는 모든 일련의 과정에 알 수 없는 산의 선택들이 있었다. 테바연구소에 화재를 내면서도 파란은 살려 둔 것부터, 인공 육체들을 산의 가장 깊은 곳에 숨겨 둔 것, 여울과 사유를 지혜도시로 불러들인 것과 결국에는 자신이 일으킨 그 불에 전소돼 사라진 것까지.

"산이 남긴 마지막 기록 중 이상한 게 있었어."

"어떤 기록이었는데요?"

사유의 질문에 파란이 천천히 입을 열었다.

"뭐 때문인지는 모르겠지만…… 발화 식물에 대한 이야

기였어."

"발화 식물이요?"

"응. 스스로 발화 물질을 내는 식물이야."

"식물이 불을 낸다는 거예요? 불을 내면 자기 자신도 타 버리잖아요."

"그게 그 식물이 자기 자손을 번성시키는 방법이거든. 그 식물의 씨앗은 불에 타지 않아. 그래서 다른 식물들이 모두 타 버리면 그 식물의 씨앗만 남지. 타 버린 다른 식물들의 재를 거름으로 삼아, 발화 식물의 씨앗만 잘 자라는 거야. 지금 와서 생각하면 산이 보았던 것이 종말이었는지, 아니면……."

거기까지 말한 파란이 입을 다물었다. 사유 역시 아무 대답도 하지 못했다.

"하지만 누가 산의 진짜 생각을 읽어 낼 수 있겠어."

산의 행동과 목적, 그 모든 것은 지혜도시와 함께 영원히 가라앉고 말았다.

"파란 씨는 어때요? 계속해서 산을 없애려고 했잖아요."

"하나를 없앤다고 어떻게 존재 이전으로 돌아갈 수 있겠어. 이미 인간은 정원과 함께 살아오고 있었는데. 없애는 게 아니라, 어떤 방향을 택할지의 문제였다는 걸…… 너무 뒤늦게 알았지."

인간이 만들어 낸 인공 지능. 그리고 스스로를 희생해서 산이 되기를 선택한 인간들. 여울과 여래의 선택으로 언더 그라운드의 사람들만이 아니라 수많은 도시인이 산이 만든 종말에 쓸려 가지 않을 수 있었다.

"결국은 산이 된 인간이 인간을 지킨 셈이지."

"이 세상은 이제 여울이와 여래가 모든 사람에게 준 선물이나 다름없으니까요."

사유가 지금 들이마시고 있는 공기도, 바람도 전부 그들이 준 세상이었고 셀 수 없는 가능성과 시간으로 가득 찬 선물이었다.

"얼른 내려가요. 가서 새로운 도시를 만들 사람들을 만나야죠."

새로운 산과 새로운 도시. 원한다면 누구나 도시인이 될 수 있고 스스로 미래를 개척할 수 있는 곳.

"사람만이 아니야. 다른 도시에 숨어 있던 다른 인공 지능들도 이곳으로 오고 싶다는 뜻을 비쳤어."

"잘됐네요. 정말로 새로운 세상이 시작되겠군요. 인간과 인공 지능이 함께할 수 있는 세상이 말이에요. 그 어떤 미래도, 우리의 현재를 끝낼 순 없으니까."

사유가 제 뒤에 있는 산을 바라보았다.

그건 종말에서 다시 시작하는 세계였다.

안녕하세요, 박에스더입니다.

『정원의 계시록』을 집어 들고 여기까지 읽어 주신 모든 독자 여러분께 감사드립니다. 이렇게 저희가 만나게 된 것도 삼라만상 속의 인연이라고 생각합니다.

이 이야기는 하나의 도시와 산에서 시작합니다. 언젠가 제주도를 여행했을 때, 어디서나 한라산이 보이는 광경이 신기했던 기억이 있습니다. 시선 끝에 항상 산이 걸려 있는 도시의 이야기를 써 보면 어떨까 생각했던 것이 여기까지 오게 되었습니다.

또한 이 이야기는 산의 이미지와는 정반대인 인공 지능과 미래 도시에 대한 것이기도 합니다. 한 치 앞을 예측할 수 없는 현대 사회에서 『정원의 계시록』이 미래에 대한 새로운 방향을 여러분에게 보여 드렸기를 바랍니다.

이 이야기의 끝이 그러하듯 어떤 시대와 어떤 미래에도 결국 다수가 행복할 수 있는 길을 선택했으면 좋겠습니다. 그리고 그런 선택을 만들어 낼 수 있는 것은 아마 이 책을 보고 계실 여러분이겠지요.

마지막으로 항상 응원해 주는 가족들에게 감사 말씀 드립니다. 가족들의 지지가 아니었다면 여기까지 오지 못했을 것입니다.

그럼, 앞으로의 이야기도 많은 관심 부탁드리겠습니다. 또 만나요!

박에스더

정원의 계시록

© 박에스더, 2023

초판 1쇄 인쇄일 2023년 9월 18일
초판 1쇄 발행일 2023년 10월 2일

지은이   박에스더
펴낸이   강병철
편집   최웅기 박진혜 정사라
디자인   서은영
마케팅   이언영 한정우 윤선애 최문실
제작   홍동근

펴낸곳   이지북
출판등록   1997년 11월 15일 제105-09-06199호
주소   (04047) 서울시 마포구 양화로6길 49
전화   편집부 (02)324-2347, 경영지원부 (02)325-6047
팩스   편집부 (02)324-2348, 경영지원부 (02)2648-1311
이메일   ezbook@jamobook.com

ISBN 978-89-5707-627-9 (43810)